B 147

SOUS LES TILLEULS.

—

TOME II.

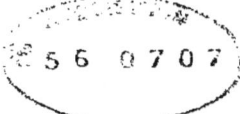

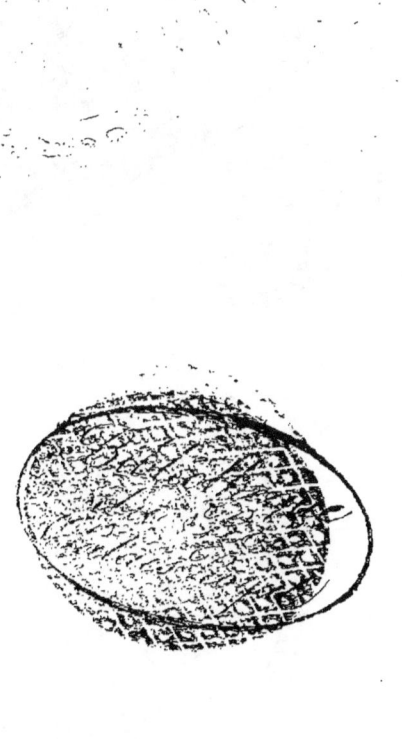

SOUS LES TILLEULS.

Alphonse Karr.

*

TOME SECOND.

PARIS.

LIBRAIRIE DE CHARLES GOSSELIN,

RUE SAINT-GERMAIN-DES-PRÉS, N° 9.

1832.

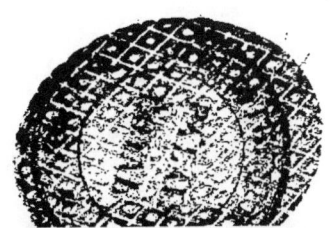

SOUS
LES TILLEULS.

I.

Sous les Tilleuls.

> Je vous le dis en vérité, je ne connais pas
> cet homme.
>
> SAINT PIERRE.

COMME sa poitrine est oppressée !

Rien n'est changé; encore cette giroflée dans une fente de la muraille.

La voilà !

Magdeleine !

Mais elle n'est pas seule; un homme, un jeune homme est assis près d'elle.

II.   I

C'est Edward.

A la vue de Stephen, Magdeleine pâlit ; elle se leva et retomba sur le banc.

« C'est moi , dit Stephen ; Magdeleine, c'est moi ; je reviens, non pas riche, mais possesseur d'une petite fortune. »

Magdeleine, les yeux collés sur la terre, d'une voix faible balbutia , « Monsieur, je vous félicite de cette amélioration dans votre sort. »

Il sembla à Stephen que son cœur mourait dans sa poitrine ; ses yeux cherchèrent ceux de Magdeleine, mais elle évitait opiniâtrément son regard.

Edward, pour sortir de cet embarras, essaya d'entamer un sujet de conversation.

« Je ne m'attendais pas à te voir ici, Stephen.

— « Ni moi à t'y rencontrer.

— « C'est un hasard dont je me félicite.

— « Pour moi, ce n'est pas un hasard, et je ne m'en félicite pas.

— « Pourquoi ?

— « Je crains d'avoir dérangé mademoiselle.

— « Non, monsieur, dit Magdeleine d'une voix si faible que le vent dans les feuilles eût suffi pour empêcher de l'entendre, vous ne me dérangez pas.

— « Je ne te remercie pas de ton accueil, dit Edward ; mais mon amitié me donne le droit de trouver que mademoiselle aurait pu s'attendre à plus de politesse.

— « Quand je vous demanderai des avis il sera temps de m'en donner. »

Stephen était pâle et couvert d'une sueur froide ; ses yeux étaient rouges et flamboyans, et fixés sur Magdeleine. Il continua : « Je demande pardon à mademoiselle de m'être ainsi présenté devant elle sans me faire annoncer ; peut-être a-t-elle oublié et mon nom et ma figure.

— « Je ne sais si tu es fou, dit Edward ; mais si j'avais le droit de donner un conseil à mademoiselle, ce serait de rentrer chez elle et de te laisser, comme Roland, t'escrimer contre les arbres du jardin, » et Edward présenta la main à Magdeleine ; elle se leva pour le suivre, Stephen lui saisit le bras ; elle se retourna effrayée.

« Monsieur, vous me faites mal ! »

Stephen, étourdi, s'appuya contre un arbre et les laissa aller ; le bruit de la porte, en se refermant, le tira de sa léthargie.

Mais c'est impossible, Magdeleine, c'est

impossible ! Peut-être ai-je eu tort devant Edward ; Edward est pour elle un étranger ; sa modestie a été alarmée. Mais pourquoi est-il là ? pourquoi seul avec elle ? Non, c'est impossible ! j'ai eu tort ; je me suis trompé ; je suis fou ; j'ai parlé avec aigreur ; je lui ai fait peur. Oh non ! elle ne devait pas avoir peur de moi. Elle ne m'aime plus. Edward — il y avait sur son visage un air de triomphe et de supériorité ; et quand il lui a présenté la main, elle l'a suivi avec un air d'obéissance.

Non, non, c'est impossible ; elle est à moi ; c'est bien moi, c'est bien elle ; voilà encore son nom et le mien gravés sur l'écorce de ce tilleul. Il y a deux ans, deux ans passés par moi dans les larmes, la fatigue, la faim, pour elle, pour la conquérir. Non, c'est impossible ; elle n'oserait pas ; et d'ailleurs, Edward est-il digne d'elle ? son âme ne la comprendrait pas ; et elle m'a promis de m'attendre ; j'ai travaillé, j'ai souffert, et je reviens.

« Monsieur, a-t-elle dit, je vous félicite de cette amélioration dans *votre sort.* » Mon sort ! elle comprend donc ma vie séparée de la sienne ; il faut que je lui parle ; fou que je suis de l'avoir laissé partir !

Mais elle, ne me devait-elle pas de m'ôter cette affreuse inquiétude ? ne comprend-elle pas tout ce que je souffre en ce moment ? Elle est coupable !

Mais ma présence subite, celle d'un étranger.....

Oh ! si c'était moi l'étranger, si c'était moi qui les gênais ! Oh !..... je les ai laissé partir ; je l'attendrai, lui ; il parlera ; je saurai tout. Je vais l'attendre.

Et, en dehors de la maison, Stephen alla s'asseoir sur une pierre pour attendre qu'Edward sortît.

Deux heures se passèrent, pendant lesquelles tantôt Stephen assis sur les pierres, la tête dans les deux mains, restait engourdi et immobile, tantôt se levait furieux, et marchait à grands pas, de la main qu'il avait dans son habit se déchirant la poitrine.

Edward sortit.

« Écoute : que fais-tu chez M. Müller ? que faisais-tu avec Magdeleine ? pourquoi m'a-t-elle reçu de cette manière ? Parle. »

Et il lui serrait le bras presque à lui rompre l'os.

« Je ne puis parler tant que tu me tiendras

ainsi, dit Edward. Maintenant, voici ma réponse à toutes tes questions : j'ai l'habitude de
faire ce qui me plaît sans prendre l'avis de
personne ; je suis chez M. Müller parce que
dans huit jours j'épouse sa fille.

— « Tu épouses sa fille, Magdeleine ? est-ce
Magdeleine que tu épouses ?

— « Oui ; d'autant que je ne lui connais pas
d'autre enfant.

— « Après, dit Stephen les lèvres et les
mains convulsivement serrées.

— « Après ? Mais je n'ai pas besoin de t'apprendre les conséquences ordinaires du mariage ; *nous vivrons heureux, et nous aurons
beaucoup d'enfans.*

— « Toi ! Magdeleine ! Magdeleine ! un enfant
dont tu serais le père ; un enfant à elle et à
toi ! Non, non, tu mens, tu mens.

— « Je ne vois pas ce qu'il y a de surnatu-
rel ; je l'aime, je lui plais ; j'ai le consentement
du père.

— « Tu ne l'épouseras pas.

— « Pourquoi ?

— « Parce que Magdeleine est à moi ; parce
que je l'ai achetée de toute ma vie, de tout
mon bonheur ; parce que me l'enlever c'est me

tuer; c'est m'arracher les entrailles avec les ongles. Tu ne veux pas me tuer, n'est-ce pas, Edward? tu ne veux pas m'enlever Magdeleine? n'est-ce pas que tu ne le voudras pas?

— « Calme un peu cette frénésie. Je sais que tu as fait la cour à mademoiselle Müller, qu'elle t'a même témoigné quelque intérêt, et que sans la sage prudence du père elle aurait consenti à partager ta pauvreté; mais cet âge où l'amour tient lieu de tout ne dure pas long-temps : c'est sans doute pour cela qu'on se dépêche tant de faire des sottises pendant sa durée, parce qu'on prévoit qu'elle sera courte. On l'a désabusée; cette sorte d'influence que tu exerçais sur elle, par ta nature romanesque, a cessé.

— «Continue, dit Stephen les dents serrées et d'une voix posée et calme tandis que ses entrailles bouillaient.

— «Et vraiment vous n'auriez été heureux ni l'un ni l'autre; ce que vous aimiez tous deux, c'étaient des enfans de votre imagination; ce n'était pas ce que tous les deux vous avez réellement de bien; vous ne vous connaissez pas; un mois après la noce vous eussiez vu que vous vous étiez trompés; la réalité eût tué

un amour fondé sur des chimères et une fièvre
de cerveau, et vous vous seriez haïs; je te
rends, en épousant mademoiselle Müller, un
véritable service, et j'espère bien qu'après ce
premier moment passé tu m'en témoigneras
ta reconnaissance en restant mon ami comme
devant et en assistant à mon mariage.

— « Tu n'as pas répondu à ma question,
dit Stephen.

— « Tu m'as fait une question ?

— « Oui. Veux-tu me tuer en m'enlevant
Magdeleine, qui est mon bonheur et ma
vie ?

— « Je ne veux pas te tuer ; mais j'épouserai
mademoiselle Müller, et tu t'abuses en croyant
que ton bonheur est attaché à elle.

— « Eh bien ! ce mariage ne se fera pas ;
Magdeleine m'aime ; on la sacrifie à ton argent ; tu l'achètes : ce mariage ne se fera pas.

— « Si c'est un sacrifice, jamais, sans excep-
ter Iphigénie ni la fille de Jephté, on n'aura
vu une victime si résignée ; et je te jure qu'elle
s'accommode fort bien du sacrifice.

— « Tais-toi, tais-toi, ou je te tuerai comme
un chien ; c'est assez, c'est trop de m'enlever
Magdeleine comme le vautour enlève l'alouette

à sa mère ; mais ne me dis pas qu'elle t'aime ,
ne le dis pas.

— « Pourquoi ne le dirais-je pas ? quand la
chose est vraie.

— « Tu mens.

— « J'ai assez long-temps supporté ta folie ,
il est temps que cela finisse.

— « Oui, oui, il est temps, » dit Stephen , et
il saisit Edward au corps ; celui-ci voulut résister et se débattre, mais malgré ses efforts
Stephen l'enleva et le jeta à ses pieds avec
violence. Edward resta par terre roide et
étourdi, de telle sorte qu'on l'eût cru mort.

Stephen partit à grands pas, et monta dans
sa petite chambre ; il la retrouva telle qu'il
l'avait laissée ; il pleura amèrement.

Oh ! mon Dieu ! Magdeleine m'abandonne.

Et il se frappait la tête contre les murs.

II.

Stephen à Magdeleine.

Est-il donc vrai, Magdeleine, que tu m'abandonnes? Et pas un mot d'adieu, pas un mot de pitié; pourtant si tu me voyais en ce moment, moi; si tu me voyais le visage inondé de larmes, me refuserais-tu un regard, un mot? Ta voix me ferait tant de bien! je suis si malheureux, si abattu en ce moment, que je me

contenterais de ta pitié; je ne demanderais
qu'à te servir comme un esclave, ou à ramper
à tes pieds comme un chien, pourvu que je
pusse respirer l'air que tu respires, te voir et
t'entendre.

Est-ce toi, Magdeleine, toi si bonne, si
douce, qui me laisseras périr de douleur, sans
daigner jeter sur moi un regard que je te demande en pleurant?

Si je te voyais, je me traînerais après toi
sur les genoux, tu m'écouterais. Je.... je ne
puis ni parler ni écrire; que te dirais-je? Je
pleure, je te supplie, je t'implore comme on
implore Dieu, et tu ne m'entends pas.

Je t'aime, Magdeleine, je t'aime; aye pitié
de moi, aye pitié du pauvre proscrit; il a tant
souffert! il souffre tant!

Si tu ne me juges plus digne de ton amour,
donne-moi ton amitié, donne-moi ta pitié;
mais il me faut quelque chose de toi; échauffe
encore mon âme de ton regard, nourris-moi
de ta douce voix, accepte-moi pour esclave,
c'est tout ce que je te demande, prends pour
toi ma vie et mon avenir.

Écoute ma voix, Magdeleine, en as-tu oublié
le son? Autrefois elle parlait à ton cœur; écoute

ma voix, aujourd'hui entrecoupée de sanglots, elle te crie : Grâce ! grâce !

N'as-tu donc ni souvenirs ni humanité !

Depuis que j'ai appris mon malheur, mes souvenirs, mes beaux souvenirs d'amour et d'espérance viennent comme un cauchemar peser sur ma poitrine.

J'ai mal, j'ai mal, j'ai horriblement mal ; aye pitié de moi, un peu de baume sur mes plaies saignantes ; j'ai bien mal, aye pitié de moi.

III.

Stephen à Magdeleine.

Non, tu ne veux pas, tu ne peux pas m'a-
bandonner, n'est-ce pas? Tu es à moi, tu le
sais; tu es à moi, et tu n'as pu m'oublier; car
tout, autour de toi, te rappelle mon souvenir;
ce beau soleil, il a été le même pour toi et
pour moi; il a rougi nos fronts d'un même
rayon; cet air pur et embaumé, nous l'avons
respiré ensemble; ces fleurs, je les ai arrosées

avec toi; ces arbres, ils nous ont donné leur ombre à tous deux, près l'un de l'autre, ta main dans la mienne, ta tête sur ma poitrine.

Et celui qui te prendrait pour femme, j'ai le droit de le tuer comme un voleur; car tu es mon bien. Jamais un bien ne fut acquis par tant de souffrances.

Et toi, Magdelcine! toi aussi. Si j'ai passé dans ta mémoire comme une ride sur l'eau, comme un petit nuage sur le soleil d'été, comme la rougeur sur le front d'une jeune fille; si je n'ai été dans ta vie qu'un accident, je te tuerai aussi; car tu ne seras rien qu'une misérable femme, de m'avoir ainsi pris ma vie et mon bonheur pour ne me rien donner en échange; je te tuerai pour avoir ton corps mort à moi, dans mes bras, mes lèvres brûlantes sur tes lèvres bleues et froides; car jamais mes lèvres n'ont touché les tiennes, et il me faut ton baiser, ton premier baiser, fût-ce sur ta bouche morte.

Alors tu serais à moi sans rival.

IV.

Magdeleine à Stephen.

Monsieur Stephen, il y a bien des choses qu'il nous faut oublier l'un et l'autre pour votre bonheur et pour le mien.

Laissons en arrière les illusions de notre crédule jeunesse avec la jeunesse qui les a produites : malgré nous elles se faneraient dans nos mains.

Je ne vous dirai pas que j'obéis aveuglément à mon père ; mon père désire mon mariage avec M. Edward ; mais si je me soumets à sa volonté, c'est que l'expérience m'a montré qu'elle m'a toujours bien dirigée, et que chaque fois que j'ai voulu marcher contre elle, je n'ai trouvé que ronces et épines, et mauvais chemins.

Je vous dois une entière franchise, monsieur Stephen, quelque prosaïques que vous puissent sembler quelques unes des causes qui me déterminent, je vous dois dire tout sans rien ménager.

On a fait évanouir à mes yeux le nuage de riantes illusions qui me cachait l'avenir et la réalité. Est-ce un bien ? est-ce un mal ? Je ne puis le décider. Mais ce qu'il y a de certain, c'est que le nuage est dissipé, et que je vois les choses aujourd'hui réelles et positives, comme, j'espère, vous les verrez bientôt vous-même.

Nous n'avons de fortune ni l'un ni l'autre, et tous deux, séparément, nous pouvons faire un riche mariage.

La richesse, si petite quand l'âme est exaltée, est un besoin dans la vie commune et ordinaire ; les momens d'exaltation ne sont que clair-semés dans la vie ; tous les jours ils deviennent plus rares; il aurait été impossible qu'il ne vînt pas un jour où tous deux nous nous serions repenti d'avoir uni et associé nos deux pauvretés.

Et d'ailleurs, nous sommes loin de sentir de la même manière. Vous avez des passions, je n'en ai pas; la violence de votre amour m'épouvante, je ne suis capable que d'une tendresse douce et égale; votre passion, j'en suis sûre, ne peut vivre que dans la tempête et au milieu des obstacles; dans le calme et le bonheur, elle s'éteindrait.

On me l'a fait voir, et je le vois clairement, nous serions malheureux. Tout ce que vous me diriez contre cette conviction serait inutile.

Nous pouvons rester amis, monsieur Stephen. Quelque douloureuse que soit cette mutilation, dépouillez dès aujourd'hui l'exaltation poétique qu'il vous faudra perdre tôt ou tard: épousez votre cousine.

Moi-même j'en aurai du chagrin comme vous; mais, on me l'a assuré, et je le crois par l'exemple des autres, ce chagrin passera.

V.

Stephen à Magdeleine.

Je m'étais plu à préparer notre demeure, Magdeleine, cette demeure où tu devais apporter le bonheur et la douce paix : j'ai de hauts arbres dont la verdure balance l'ombre sur ma tête; j'ai des gazons verts, un air pur et un beau soleil. Tout cela pour toi.

A l'ombre des arbres j'ai marqué ta place, et sur la pelouse j'ai arrangé un petit banc de verdure pour nous deux ; j'ai rassemblé dans ma pauvre demeure tout ce qui peut plaire à tes yeux : tu m'abandonnes, et tout cela est mort et flétri.

Magdeleine, je ne suis rien sans toi, tu es mon âme et ma vie ; toute ma force et toute mon énergie, c'est toi, et tu m'abandonnes ! Tu me laisses corps sans âme, tu me laisses faible, souffrant et découragé de la vie, et incrédule au bonheur. Toi qui m'avais promis de couronner ma vie de fleurs, de veiller sur mes jours comme un ange du ciel, car partout où ton regard d'amour pourrait m'atteindre, je serais fort et courageux ; ton amour a toujours été pour moi une manne céleste, une vivifiante nourriture ; aujourd'hui je suis abattu et languissant ; ma main s'étend pour chercher ta main, et tu la retires ; mes yeux, rouges des larmes de la nuit, cherchent tes yeux, et tu les détournes avec dédain ; ma voix suppliante te demande un mot d'amour et de consolation, et ta voix est muette ou ne trouve que des paroles qui tuent. Avec toi, Magdeleine, j'aurais été bon, grand et généreux ; sans toi, je ne suis rien, rien qu'un corps lourd et un cœur de pierre.

D'un souffle tu as enlevé tout ce qu'il y avait en moi de beau et d'honnête. Magdeleine ! Magdeleine ! ne crains-tu pas que ma voix te poursuive le jour et la nuit, et jusque dans les bras d'un autre époux, au milieu des enfans dont je ne serai pas le père, et qu'elle te crie :

« J'aurais été bon père et bon mari ; la nature avait mis en moi le germe du bien, tu l'as flétri comme un vent malfaisant ; rends-moi mon bonheur et ma vie, et mes belles années passées dans la douleur et la souffrance ; rends-moi ma divine croyance à l'amour et au bonheur ; rends-moi la paix de mon âme ; rends-moi une vie que je t'avais donnée tout entière et que tu as foulée aux pieds comme chose vile et méprisable ; rends-moi toutes ces affections si douces pour les autres hommes et dont se compose leur bonheur, ces affections de père, de frère, d'amis, que j'ai répudiées et rejetées au loin, jaloux que j'étais de te donner toute ma vie, tout mon amour sans partage. »

Tu me laisses dans la vie comme dans un désert où le vent brûle, sans ombrage pour la tête, sans eau pour la soif, sans chemin, sans but, sans espoir, sans désir que la mort.

O Magdeleine! cent fois le jour je t'appelle en criant et pleurant, et ma voix ne va pas jusqu'à toi. Malédiction sur moi! malédiction sur ma vie! elle est séchée à peine en sa fleur.

Sais-tu ce qui m'attache et me retient à la vie? Sais-tu pourquoi la mort m'épouvante, pourquoi je ne me suis pas encore jeté dans ses bras? C'est qu'elle me sépare de toi pour toujours; c'est qu'elle m'ôte même mes souvenirs et mon bonheur passés, et mes souffrances, et mes larmes, qui sont tout ce qui reste de ce bonheur.

Oh! si je croyais, si je croyais que l'âme vit après le corps, que je pourrai planer sur ta vie comme un protecteur invisible; comme un vent frais et parfumé, jouer dans ta chevelure, m'enivrer de ton souffle et toucher tes lèvres avec l'air que tu respires, voilà ce que je n'ose croire. Si je le croyais, Magdeleine, je mourrais, je serais mort; mais perdre le souvenir des jours où tu m'aimais; perdre ce bonheur que tu m'as donné, ces souvenirs qui me font encore tressaillir, et qu'au moins toi-même tu ne peux m'arracher! C'est une richesse bien précieuse pour moi, et peut-être devrais-je m'en contenter, et ne pas me plaindre d'expier par les plus horribles angoisses un bonheur plus grand que je n'avais osé l'imaginer, car tu m'as aimé, toi, Magdeleine, et j'ai tort de me plaindre : du bonheur que le ciel partage aux hommes, j'ai eu ma part, plus que ma part.

Pauvre homme! pauvre homme que je suis! Peut-être ne daignera-t-elle pas lire cette lettre, et pourtant j'ai effacé les mots qui laissaient voir cette passion qui me consume et qui l'épouvante, tant j'ai peur de la choquer, tant je n'ose plus réclamer des droits, mais implorer la pitié.

Cependant, Magdeleine, il faut que je te le dise, et tu me croiras, car jamais je ne t'ai trompée. Je te le jure par mon amour pour toi, par ce que j'ai de plus sacré, tu ne trouveras nulle part l'amour que j'ai pour toi, et si tu comprends un autre bonheur que l'amour, malheur à toi! ton cœur est mort.

Ils disent tous que je suis fou d'avoir cru à ta constance; et quand je dis : elle n'était pas comme les autres femmes, son amour n'a pu passer comme un parfum apporté par le vent,

ils rient, et encore ils m'appellent fou. Ont-ils
donc raison ? Et ne suis-je qu'un fou, qu'un
pauvre fou ?

VI.

Magdeleine à Stephen.

Je ne vous le cacherai pas, monsieur Stephen, votre lettre m'a émue ; elle m'a fait pleurer. Un moment j'ai regretté les illusions que j'ai perdues et qu'elle faisait revivre, ou plutôt dont elle faisait apparaître l'ombre, car elles sont mortes, bien mortes : ce n'est qu'un rêve, et, comme moi, vous vous réveillerez.

Mais le peu de durée qu'a eu pour moi cette émotion, et le triomphe presque subit de ma raison, m'ont montré évidemment que ma résolution est bonne et solide, et que, pour vous et pour moi, il faut la maintenir.

L'amour est une fièvre, une maladie, et je suis guérie. Vous guérirez aussi, mais il faut le vouloir.

Adieu, monsieur Stephen; tant que vous m'aimerez, il faut que nous restions étrangers l'un à l'autre : je vais avoir à remplir des devoirs qui m'en font une loi.

Néanmoins, je ferai toujours des vœux pour votre bonheur.

Une partie du mien dépend de vous : m'accorderez-vous ce que j'ai à vous demander?

VII.

Stephen à Magdeleine.

PARLEZ! parlez! mon bonheur, ma vie, tout est à vous. Plût au ciel que ce fût ma vie que vous avez à me demander, car j'en suis plus fatigué que si je l'avais portée cent ans.

Je le vois trop, vous avez raison, ce serait en vain que je combattrais votre résolution, car je ne trouverais pas en vous de secours contre elle; vous ne m'aimez pas, vous ne m'avez jamais aimé.

Que voulez-vous de moi? Hâtez-vous, car j'ai aussi une résolution à accomplir.

VIII.

Magdeleine à Stephen.

Vous le voyez, monsieur Stephen, j'avais bien raison de craindre votre amour, car il est égoïste et ne cherche que sa propre satisfaction, sans s'occuper de celle de l'objet aimé.

Dans votre billet, vous me faites pressentir que vous voulez mettre à exécution de sinistres projets ; est-ce une preuve d'attachement que vous croyez me donner ? Si vous vous tuez , vous ne penserez qu'à vous délivrer plus promptement d'un mal qui doit mourir de lui-même ; vous ne penserez pas un seul instant que vous empoisonnerez toute ma vie de funèbres souvenirs; si vous m'aimiez comme vous le dites, mon bonheur ne serait-il pas le plus cher de vos désirs ?

Après l'amour, surtout après un amour sans réalité, basé sur des chimères, tel qu'a été le nôtre, vous avez encore du bonheur à recevoir de moi, j'en ai à recevoir de vous.

Refuserez-vous mon amitié, une douce et sincère amitié, sans exaltation, sans illusions? Et n'aurez-vous pas quelque plaisir à assurer mon bonheur, à le compléter par votre affection ? Mon bonheur n'en sera-t-il pas un pour vous, comme le vôtre pour moi, si je vous vois jamais jouir d'un bonheur réel et durable, et non savourer des illusions trompeuses ?

J'ai appris par une voie indirecte que vous vous êtes porté à des violences contre M. Edward, me promettrez-vous de ne jamais rien faire ni contre lui ni contre vous ; si vous me le promettez, je le croirai.

IX.

Stephen à Magdeleine.

Voila ce que vous me demandez, Magdeleine.

De renoncer à ce qui faisait tout le bonheur de ma vie, et de vivre d'une vie creuse
et vide; de mourir lentement de douleur, au
lieu de mourir d'un seul coup.

De vous livrer à un autre, et de respecter
la vie et la tranquillité de celui qui m'arrache
votre amour et mon bonheur, et le cœur;
moi qui aurais voulu écraser sous les pieds

l'homme assez hardi pour vous regarder d'un œil de désirs.

Voilà ce que vous me demandez.

Et cependant, comme il me faut votre bonheur avant tout, comme il m'est plus cher que ma vie mille fois, je ferai tout ce que vous croirez nécessaire à votre bonheur, qui jamais n'aurait dû être séparé du mien.

Mon amour pour vous est un culte ; M. Edward, sous votre protection, est à l'abri de ma vengeance, comme le criminel dans un temple était jadis hors de l'atteinte des lois.

Je ne lui demande qu'une chose, c'est votre bonheur ; il faut qu'il vous fasse heureuse, il faut que ce soit le seul but de sa vie, car je lui demanderai un compte sévère de chaque instant de son existence qui ne vous serait pas consacré, d'une seule larme que je vous verrais répandre, d'un soupir que je vous entendrais étouffer, d'un seul nuage sur votre front, d'un seul de vos désirs qui ne serait pas satisfait ; il faut que vous soyez heureuse, votre bonheur me coûte assez cher pour que j'y tienne, puisque vous croyez que pour votre bonheur il vous faut tuer le mien.

Il sera votre époux, j'assurerai votre tranquillité et la sienne, non pour lui, que je voudrais écraser comme un reptile, mais pour vous, pour votre bonheur, puisque vous avez mis votre bonheur en lui.

Je ne me tuerai pas; si je meurs ce sera de douleur; et pour ne pas vous offrir un spectacle désagréable, je tâcherai de mourir en souriant.

Quand vous aurez un enfant vous me le donnerez; je l'élèverai aux lieux où nous devions vivre ensemble, où nous devions élever nos enfans à vous et à moi.

Magdeleine, êtes-vous contente? ne dites plus de mal de mes illusions, si ce qui remplit mon cœur n'est qu'illusion; pourquoi Dieu m'a-t-il donné une vie trop petite ou une âme trop grande pour m'en contenter.

Est-il méchant ou impuissant?

X.

Magdeleine à Stephen.

Vous êtes le plus généreux des hommes,
Stephen ; le ciel vous doit une récompense:
vous l'aurez ; vous avez encore la fièvre, mais
elle se passera, et alors vous comprendrez que
pour vous et pour moi l'amitié vaut mieux que
l'amour ; ce que vous aimiez, ce n'était pas
moi ; ce n'était pas une femme, c'était une
divinité, une fille de votre imagination ; votre
amour aurait exigé de moi des perfections que

je n'ai pas, qui n'appartiennent pas à une mortelle.

Mon amitié est à vous, Stephen, à vous pour la vie; et comme elle n'est pas fondée sur des perfections imaginaires, mais sur ce que vous êtes réellement, elle ne pourra ni s'éteindre ni décroître.

J'ai encore une prière à vous faire.

Cette fois je ne m'adresse pas à votre cœur, mais à votre honnêteté.

Je ne puis épouser M. Edward en laissant un lien entre vous et moi; il faut que vous me rendiez mes lettres, non que j'aie pu penser un moment que vous soyez capable d'en abuser, mais je n'oserais jurer à mon époux d'être à lui tant que vous les auriez entre les mains.

Cette demande va vous révolter; vous allez refuser; mais attendez à demain pour me répondre, et pensez que sans cette grâce que je vous demande tout ce que vous faites pour moi n'est rien. Songez que ce que je vous demande est un devoir.

XI.

Le tort d'avoir raison.

Non, je ne te hais pas , tu n'es plus mon amie ;
Ton cœur vif et léger n'est pas fait pour le mien.
L'amour, l'amour ! ah ! le connais-tu bien ?
Pour toi c'est un plaisir, et pour moi c'est la vie.

MAGDELEINE ne disait pas tout à Stephen;
elle ne voyait plus Stephen ce qu'elle l'avait
vu autrefois : la jolie figure d'Edward , le luxe
dont il était entouré et embelli; les plaisirs qui
couronnaient sa vie ; l'aisance et le laisser-
aller que lui donnait l'habitude du bonheur,
avaient produit sur l'esprit de la jeune fille
une impression défavorable à Stephen.

L'avenir avec lui lui apparaissait sombre et

orageux, tandis qu'avec Edward elle rêvait une
vie calme et toute dorée de ces plaisirs qu'elle
aimait encore, parce qu'elle n'en avait joui
qu'à moitié pendant l'hiver qui venait de
s'écouler ; le seul lien qui l'attachait encore à
Stephen était la pitié pour les souffrances
qu'elle lui voyait endurer, et elle se plaisait à
se persuader qu'elles ne seraient pas de longue
durée ; mais elle ne pouvait s'expliquer l'amour
qu'elle avait eu pour Stephen que par le trop
plein de son jeune cœur qui avait débordé, et
par le charme romanesque et poétique que
Stephen répandait autour de lui. Son amour
n'avait été qu'un reflet de celui qu'il avait
pour elle ; la douleur de Stephen gênait son
bonheur, mais elle ne la partageait pas, et
par momens elle lui reprochait comme une
exagération l'expression de sensations qu'elle
ne pouvait plus comprendre.

Le pauvre Stephen, qui se croyait généreux
en consentant à tout ce que lui demandait
Magdeleine, ne s'avouait pas à lui-même que
la grandeur et la noblesse de son sacrifice ne
lui donnaient la force de le faire que parce
qu'il en paraissait lui-même plus grand et plus
noble aux yeux de celle qu'il aimait ; il était

loin de comprendre toute l'horreur de sa situation; cette douleur des adieux, ces nuits
sans sommeil, qui précédaient la séparation,
étaient encore un bonheur pour lui, car elles
lui faisaient sentir son amour dans toute sa
force et toute son exaltation: c'étaient encore
des intérêts communs avec Magdeleine; leur
existence était encore enlacée, et il accueillit
avec empressement l'idée de lui rendre ses
lettres, mais il mit pour condition qu'il les
lui remettrait à elle-même sous l'allée de tilleuls.

Tout cela n'était pas de la générosité ni de
la grandeur d'âme, c'était un moyen et un
prétexte de la voir encore une fois, et ce qu'il
y avait de dramatique dans sa situation lui en
dérobait les conséquences : la séparation et
l'indifférence. Il se serait facilement résigné à
la perdre toute sa vie, mais il ne savait pas ce
que c'était que l'avoir perdue. Les souffrances
et les déchiremens du cœur ne sont rien ; ce
qui est un mal, c'est son engourdissement et
son insensibilité ; il faut que le cœur soit plein
de jouissances ou de douleurs ; il peut s'en
nourrir également ; mais ce qu'il ne peut supporter c'est le vide.

Il est des peines morales comme des souffrances physiques : dans une forte douleur de dents, on trouve un plaisir à se couper avec les dents la gencive souffrante, à porter la douleur à son plus haut degré.

Stephen descendit donc au jardin avec les lettres, Magdeleine y était déjà : il les lui remit :

« Magdeleine, dit-il, c'est mon cadeau de noces. »

Elle voulut se retirer.

« Attendez, restez un moment, dit Stephen ; encore une fois ne pouvez-vous me donner quelques instans d'un bonheur mort pour moi ? laissez-moi vous contempler quelques instans en ces lieux témoins de tout le bonheur de ma vie.

« Magdeleine, voici nos noms tracés sur cet arbre ; je les gravai le jour où je partis pour gagner pour vous une honnête médiocrité : ce jour-là j'étais plein de force et de courage.

« Tenez, Magdeleine, voici encore cette aubépine ; vous souvient-il qu'un jour je vous fis de ces fleurs une couronne de mariée ; alors cette idée faisait doucement battre mon cœur, car c'était moi qui devais un jour détacher cette couronne.

« Rien n'est changé ici, Magdeleine ; rien que votre cœur.

« Et pourtant, Magdeleine, ce que je vous offrais c'était le bonheur. »

Magdeleine voulut partir, mais d'un regard suppliant il la retint.

Mais Stephen, en lui voyant faire un pas, avait senti un affreux déchirement ; il n'y avait plus de lien entre elle et lui ; une fois elle partie ils devenaient complétement étrangers l'un à l'autre ; et lui, si résigné il n'y a qu'un instant, voulut tenter un dernier effort, un effort désespéré.

« Prenons garde, Magdeleine, prenons garde, nous rejetons le bonheur, le seul bonheur vrai. Vous le savez ; je puis tout sacrifier à votre félicité ; mais est-ce votre félicité que vous cherchez ? Savez-vous ce que c'est qu'un mariage de convenance, Magdeleine ? c'est la plus sale, la plus ignoble de toutes les prostitutions.

« Oui, répéta-t-il, répondant à un mouvement de surprise de Magdeleine, la plus sale et la plus ignoble.

« Qu'est-ce que la prostitution, sinon les conséquences de l'amour sans l'amour, l'union des sens sans amour ?

/ « Qu'est-ce que le mariage de convenance ? et comment une femme peut-elle se résigner à s'abandonner aux bras d'un homme, de sang-froid, sans y être jetée involontairement par une douce ivresse et par un irrésistible entraînement ?

« Et cette prostitution-là est plus pardonnable cent fois et moins repoussante qui pousse une pauvre fille à vendre son corps pour avoir du pain, que celle décorée du nom de mariage de convenance, qui n'a pour but et pour cause qu'un cachemire ou des perles, ou une voiture.

« Et c'est pour cela, Magdeleine, que vous m'abandonnez ? »

Magdeleine voulut encore partir ; la démonstration de Stephen, toute juste et mathématique qu'elle soit, était loin de l'avoir persuadée ; elle l'avait, au contraire, choquée, et lui avait fait perdre le commencement d'attendrissement causé par les souvenirs qu'il avait d'abord réveillés.

Car les mêmes mots qui entraînent et

exaltent la femme qui nous aime et emportent
son âme au ciel sur des ailes de feu ; ne sont
que ridicules quand elle ne nous aime plus ; la
passion a une langue à elle ; si elle parle à des
oreilles qui ne l'entendent pas, elle excite le
rire, comme parmi le peuple, au théâtre, le
baragouinage d'un étranger.

Il la retint par le bras : « Oh ! ne me quitte
pas, dit-il ; tu m'as trompé ; je me suis trompé
moi-même ; cet effort dont je me croyais capable, il est au-dessus de mes forces autant que
le soleil au-dessus de ma tête. Ne m'abandonne pas, Magdeleine, aye pitié de moi. Ce
bonheur qu'un autre te promet je te le donnerai : veux-tu de la richesse, de l'or, j'en aurai ;
car pour t'avoir à moi, pour ne pas te perdre,
les plus grands efforts ne seront rien pour moi,
je dépasserai tous les hommes sur le chemin
de la fortune et des honneurs ; car je suis plus
fort qu'eux avec ton amour. Parle, Magdeleine, que veux-tu ? il n'est rien qui soit au-
dessus de mes forces ; veux-tu un palais de
marbre, et de l'or à le fouler aux pieds ?
Veux-tu des honneurs ? veux-tu être reine,
Magdeleine ? Tout est à toi ! tout ce qu'il y a
dans le monde, car, je le sens, personne ne

pourra me disputer ce qu'il me faudra atteindre pour te conquérir. Parle, Magdeleine, l'univers est à toi ; ne te donne pas à un autre. Attends un an, attends un mois, attends un jour, je te donnerai une couronne » ; et il se traînait à ses pieds.

Mais, légère comme une ombre, elle s'échappa de ses mains et disparut.

XII.

Au travers des vitraux peints le soleil pénètre dans l'église.

Tous les assistans sont recueillis dans un religieux silence, et les yeux tournés vers la porte.

On entend des pas de chevaux, une voiture s'arrête, les deux battans s'ouvrent; la curiosité fait oublier la sainteté du lieu, on se pré-

cipite pêle-mêle pour mieux voir ; une sorte
de bedeau fait ouvrir un passage.

Edward tient sa fiancée par la main.

Et derrière eux s'avancent Suzanne et son
mari, M. Müller et le père de Suzanne,
Schmidt et d'autres parens.

Magdeleine est bien belle, vêtue de blanc,
avec la couronne d'oranger dans ses cheveux
noirs ; ses yeux sont attachés sur la terre ; son
pas est si léger que sur les dalles de l'église on
ne l'entend pas marcher. Edward est beau
aussi, et embelli par le bonheur.

Tous deux s'agenouillent sur des coussins
de velours cramoisi bordés de franges d'or.

La messe du mariage commence.

Et la voix des prêtres monte au ciel avec
l'encens qui parfume l'église.

Et tout bas causent les femmes et les
hommes :

« Un beau couple.

— « Sa robe est du plus beau satin, et son
voile de la plus fine dentelle.

— « Elle a le plus joli pied et la plus jolie
main qu'on puisse voir.

— « On dit que c'est un mariage d'inclina-
tion.

— « Oui, et malgré cela toutes les convenances s'y trouvent.

— « Le jeune homme est très riche.

— « Oui ; mais mademoiselle Müller est si belle et si bonne.

— «Il est fort bien mis ; le diamant qui attache sa chemise vaut plus de 1000 florins.

— « On dit qu'il a beaucoup d'esprit.

— « C'est un garçon de mérite.

— « C'est égal ; M. Müller a du bonheur d'avoir marié sa fille aussi avantageusement.

— « C'est un beau mariage, et qui rapporte gros à l'église.

— « Il a donné beaucoup d'argent aux pauvres.

— « Êtes-vous invité au bal ?

— « Ah ! il lui met l'anneau à la main.

— « Comme elle rougit, la pauvre fille ! Elle est bien heureuse.

— « On dit qu'ils s'adorent. »

A ce moment le prêtre les bénit, et engage l'assistance à prier pour le bonheur des nouveaux époux ; tout le monde s'agenouille.

Et à deux genoux, tombe sur les dalles, Stephen, horriblement pâle.

Il était là avant eux, caché derrière un pi-

lier. Il est résigné en apparence, car il a promis à Magdeleine.

Et tandis que tout le monde prie pour eux;
lui, les mains jointes, et du cœur, il dit à demi-
voix : « O mon Dieu ! que Magdeleine soit heureuse ! que Magdeleine soit heureuse ! De
ce jour, j'ai renoncé à ma part de bonheur
dans la vie ; que cette part soit jointe à la
sienne. Mon Dieu, versez sur elle toutes vos
bénédictions.

Ils se lèvent ; Magdeleine et Edward échan-
gent un regard, et on ressort de l'église dans
le même ordre que l'on y est entré ; on remonte en voiture ; les chevaux partent au
grand trot.

Stephen ne les a pas perdus de vue ; il court,
et avant eux il est rentré dans la maison, et
enfermé dans sa chambre.

Là il se jette la face contre terre et pleure
amèrement.

Elle est à lui !

Je l'ai laissée être à lui.

Qu'aurais-je fait d'elle, elle ne m'aimait pas !

Elle est à lui, malédiction !

Et moi, que vais-je devenir ? où va ma vie ?

Tout est fini maintenant.

Tout.

Malédiction sur moi et sur ma vie! mort à mes belles espérances! à la riche poésie de mon cœur! mort à cet avenir dont je m'enivrais.

Le cœur d'une femme! j'aurais dû me tuer sous ses yeux; empoisonner son bonheur, ou plutôt les poignarder tous deux dans l'église; rougir les dalles de leur sang. Je ne l'ai pas fait! je suis un lâche!

Ma tête, mon esprit, mon cœur, tout est malade et saignant, saignant le plus pur de mon sang.

Que faire maintenant? quel est mon but, mon espoir, mon avenir, ma vie!

Rien, rien; je n'ai plus rien; ni force, ni courage.

Malheur à moi!

A ce moment, au-dessous de lui, Stephen entend remuer les siéges; on quitte la table; la musique commence; on passe dans le salon; on danse; il suit le mouvement des danseurs; il entend leurs pas.

Il pleure.

Plus tard la danse s'anime; on entend de longs éclats de gaîté.

Puis la musique s'arrête.

On parle, on ouvre et on ferme des portes; les voitures roulent; on part; on va les laisser seuls.

Oh !

Stephen se lève en fureur et bondit comme un tigre.

Il écoute ; encore une voiture, c'est la dernière, car on ferme toutes les portes.

Ils sont seuls; un tremblement convulsif agite les membres du malheureux.

Elle va être à lui, dans ses bras, sa chair contre sa chair, sa bouche sur sa bouche; à lui! nue dans le lit. Il descend nu-pieds, retenant son haleine; il va coller son oreille contre la cloison.

Il les entend.

Ils ne sont pas couchés, pas encore.

Oh! non, non, cela ne se peut pas; le ciel ne peut le permettre; ils ne sont pas encore couchés; il y a encore le temps à la foudre d'écraser eux ou moi.

Stephen sent froid au cœur; il a entendu un baiser; mais Magdeleine s'échappe des bras d'Edward, car on marche; il reconnaît son pas léger, et un pas plus pesant.

Ah, si elle ne voulait pas ! Elle ne veut pas ; elle n'ose pas ; elle se rappelle qu'elle est à moi ; et c'est horrible d'être aux bras d'Edward ; elle résiste.

Stephen tombe à genoux.

Merci, merci, mon Dieu ! elle ne veut pas ! Edward prie ; elle pleure.

Encore un baiser ! Je ne l'entends pas fuir.

Oh mon Dieu ! mon Dieu !

Ils sont au lit ; j'entends des baisers, de longs baisers. Ah ! elle les rend ; les baisers sont plus fréquens, plus pressés ; elle les rend ; elle lui rend ses baisers !

Et la main de Stephen est rouge du sang qui coule de sa poitrine ; des lambeaux de sa chair pendent à ses ongles.

A ce moment ses yeux eussent paru s'élancer de sa tête, et son âme de sa bouche entr'ouverte.

Car le lit craque et gémit sous les corps amoureux des époux ; Stephen l'entend, et il entend aussi les plaintes de Magdeleine, mais à ces plaintes succèdent des soupirs, des mots entrecoupés par la volupté. Magdeleine, c'est elle ; elle dit : « Mon âme ! ma vie ! » Encore

II.   4

des baisers où la vie est sur la bouche, et des cris de plaisir.

Et Stephen, comme une pierre, tombe à la renverse, et roule jusqu'au bas de l'escalier.

XIII.

O de Velled-Hillil tribu toujours sanglante,
Que l'ange de la mort sur toi courbe sa faux !
Qu'il frappe tes enfans encor dans leurs berceaux,
    Et que la peste dévorante
Mange tes beaux coursiers, tes rapides chameaux.

Que les puits du désert pour toi restent arides ;
    Que les sables mouvans
    Dans leurs tombeaux brûlans
    Enferment tes guerriers avides.
. . . .
. . . .
Oh ! quand il pressera d'une bouche idolâtre
Ton col si blanc et ta gorge d'albâtre,
Reste froide, Zélis ; dans ses embrassemens,
Qu'il se consume en désirs impuissans.

DEUX jours s'écoulèrent sans que Stephen
donnât d'autre signe de vie que des mouve-

mens convulsifs, et des grincemens de dents, et des paroles sans suite, et des imprécations, et le nom de Magdeleine.

Il était couché dans sa chambre ; une vieille femme le gardait.

La fenêtre était soigneusement fermée, et au moyen d'une couverture on avait fait devant un rideau de telle sorte, qu'en entrant on se trouvait dans une nuit profonde, et que ce n'était qu'après que les yeux s'étaient accoutumés à l'obscurité que l'on pouvait voir le malade ; il était pâle, ses lèvres blanches étaient sèches, et son regard était comme un éclair.

Comme il avait fermé les yeux et paraissait dormir, on ouvrit doucement la porte ; c'était le médecin. « Eh bien ? dit-il en entrant.

— « Toujours de même, monsieur, dit la vieille femme. — Si je lui dis : Voulez-vous boire ? il me répond : Magdeleine, où est Magdeleine ! Si je lui demande comment il se trouve, il demande Magdeleine. Il est impossible d'en rien tirer de plus. Elle alla à la fenêtre, et souleva le rideau : Les petits nuages sont chassés en flocons par un vent léger. La journée sera belle. Si vous le permettez, je tâcherai de le faire marcher au soleil.

— « Non, dit le médecin ; j'ai fait pour lui quelque chose de mieux : j'ai obtenu que madame Edward viendrait le voir ; cela seul peut causer une crise favorable. Son mari, qui s'y est long-temps opposé, a cédé à mes instances, à condition qu'il serait présent. »

Le médecin lui toucha le pouls et la tête : « Saigné deux fois depuis deux jours, dit-il, et sans aucun résultat ! »

A ce moment on frappa doucement à la porte. C'étaient Magdeleine et Edward.

Stephen se réveilla en murmurant : Magdeleine.

Mais il resta étendu sur le dos, la bouche entr'ouverte et les yeux à demi fermés.

Magdeleine était tremblante, mais quand elle put distinguer ses traits, quand elle vit son visage desséché et ses yeux creux, elle détourna la tête.

« Approchez, dit le médecin ; il faut voir s'il vous reconnaîtra. »

Ils approchèrent, et se mirent devant lui ; mais Stephen ne fit aucun mouvement.

Le médecin secoua tristement la tête.

« Parlez ; appelez-le : peut-être reconnaî-
tra-t-il votre voix.

Magdeleine hésita, et dit : « Stephen. »

Ce fut pour Stephen comme un coup élec-
trique. Il ouvrit les yeux, se leva sur une
main, regarda fixement tout en prêtant l'o-
reille.

« Encore », dit le médecin.

Edward fit un geste d'impatience.

Magdeleine répéta son nom.

Alors Stephen appuya ses mains sur son
front comme pour apaiser le tumulte des
idées qui, se réveillant subitement comme des
cavaliers au boute-selle, s'entrechoquaient
pêle-mêle dans sa tête.

Puis encore il regarda avec ses grands yeux
fixes.

Puis il se frotta les yeux comme un homme
qui vient de s'éveiller, et étendit les bras.
« Ah ! dit-il d'un ton calme, c'est toi, Magdeleine », et ses yeux brillèrent d'un éclair de
joie. « Je dormais. Tu as bien fait de me ré-
veiller. Tu n'es pas encore prête, paresseuse.
As-tu donc oublié que c'est aujourd'hui le
jour, le beau jour qui va payer toutes nos
souffrances. Tu vas t'habiller ; mais non, fou

que je suis; tu as la robe blanche, il ne te manque que le bouquet et le diadème.

« Oh! je vous en prie, monsieur Müller, dit-il au médecin, mon cher père, ne vous mêlez pas de cela; laissez-moi lui mettre dans les cheveux une couronne d'aubépine. N'est-ce pas, Magdeleine, cela vaut mieux que des fleurs d'oranger? et cela nous rappelle d'autres temps : allez me chercher de l'aubépine dans le jardin ; allez donc », dit-il, voyant qu'on hésitait.

Le médecin fit signe à la vieille femme d'obéir.

« Ouvrez la fenêtre, dit Stephen ; laissez pénétrer le soleil ; que je respire l'air ; il doit être aujourd'hui frais et parfumé, et j'ai la bouche si sèche... »

On ouvrit la fenêtre. « Oh! le beau ciel, comme il est pur ! comme il est bleu ! Vois-tu, Magdeleine, que le ciel nous protège ; ce beau soleil, c'est un regard d'amour dont Dieu nous caresse.

« Ah! Edward, dit-il, je ne t'avais pas vu ; c'est ce qui manquait à mon bonheur ; c'est toi qui as amené Magdeleine auprès de moi. Elle n'aurait osé venir seule : c'est mon ami, mon bon ami qui m'amène ma fiancée ; c'est toi qui présideras à la noce , n'est-ce pas ? Te rappelles-tu, Edward , comme je te parlais d'elle quand nous étions si pauvres tous les deux. Donne-moi ta main , que je la serre dans les miennes. Te rappelles – tu quand je te disais : « Oh! elle sera à moi, car l'amour est plus fort que tout. » Eh bien! j'avais raison, car maintenant elle est bien à moi. »

En ce moment la vieille femme rapporta l'aubépine.

Stephen la lui prit des mains , en arracha les aiguillons , et tressa une couronne qu'il mit sur les cheveux de Magdeleine.

« Magdeleine , te rappelles-tu avant mon départ, un jour je te fis une couronne semblable. Vieille femme , ajouta-t-il , pourquoi ne sonne-t-on pas les cloches pour mon mariage ? »

Sur un signe du médecin la vieille femme sortit.

Soit un effet de son imagination , soit que effectivement par hasard au lointain un son de cloches se fît entendre. « Ah ! dit-il, voici qu'on sonne les cloches.

« Qu'est-ce que je te disais donc tout à

l'heure, Magdeleine ? » Il mit ses mains sur son front.

« Ah! je me rappelle, je te parlais de ce jour où je te parais comme une fiancée; l'avenir était alors pour nous bien incertain ; mais je te disais alors... C'est singulier, comme je me rappelle ce jour, ajouta-t-il comme s'il se réveillait.

« Ce jour et tout ce qui l'a suivi.

« Je t'ai quittée et je suis allé à Goëttingue, puis j'ai été bien pauvre et bien malheureux, et mon parent est mort ; je l'ai tué ; j'ai été riche. Ah! notre petite maison ; elle est bien jolie, va ; tu verras comme les rosiers montent jusqu'aux fenêtres. Et tu aimes le bleu, notre chambre est tendue de bleu, et je suis venu te dire tout cela, ... et... et... et... »

Ses yeux s'égarèrent ; il devint tremblant.

Alors sa raison revint, il se rappela.

« Et Magdeleine, Edward ! vous deux là ! »

Il poussa un horrible rugissement, et comme Edward s'était rapproché, il jeta la main sur lui, et arracha une partie de son habit ; puis sortant nu de son lit il alla à la porte, et dit, en ricanant : « Vous ne sortirez pas ; vous allez mourir avec moi, car cette cloche que j'entends, elle sonne votre mort et la mienne. »

Magdeleine était tombée à genoux.

« Ote cette couronne, cria-t-il d'une voix de tonnerre ; ôte-là, tu n'en es pas digne ! femme souillée ! » Il la lui arracha et la foula aux pieds.

« Et toi, ami, dit-il à Edward, avec un horrible sourire ; viens donc dans les bras de ton ami ; viens, que je t'étouffe. »

Le médecin avança sur Stephen pour ouvrir la porte ; mais Stephen le repoussa avec tant de violence qu'il alla tomber à l'autre extrémité de la chambre.

Et il se mit à bondir et à hurler comme une bête féroce. Magdeleine restait à genoux, la tête dans les mains, et Edward se tenait le plus loin de lui possible.

Mais tout à coup Stephen pâlit, ses forces l'abandonnèrent, et il tomba sans mouvement.

Edward entraîna Magdeleine, et tous deux passèrent par-dessus son corps pour sortir.

Le médecin le recoucha.

Plus d'un mois se passa sans qu'on pût savoir s'il se relèverait.

Quand il fut en état de se lever, Edward et sa femme étaient partis pour la ville.

XIV.

Où l'auteur prend la parole.

Arrivé là de notre récit, nous avons jeté un regard en arrière, et un scrupule s'est emparé de nous.

Certes, dans les peintures que nous avons faites des joies et des douleurs de notre héros, il y a de la vérité, et *nous avons payé* pour le croire ; mais nous ne voyons pas très claire-ment pourquoi le lecteur irait quitter ses af-

faires, ses intérêts, ses occupations, ses haines
et ses amours pour s'occuper aussi long-temps
des affaires, des intérêts, des occupations, des
haines et des amours d'un homme qu'il ne
connaît pas.

Cette idée peut-être nous eût arrêté en
notre course, mais plusieurs considérations
nous éperonnent et nous font aller en avant.
Ces considérations, nous n'avons pas l'intention de les confier au lecteur, notre modestie
nous portant à croire que si les aventures de
notre héros l'intéressent peu, les nôtres ne
l'intéresseraient pas du tout. Au cas contraire,
c'est-à-dire si nous avions le bonheur de cha-
touiller sa curiosité sur une chose relative à
nous, nous en userions comme d'un bien ines-
péré, et pour qu'il s'occupât de nous plus long-
temps, nous laisserions son esprit faire des
conjectures et des hypothèses.

Car il est possible que Ch. Gosselin, notre
éditeur, nous ait payé ce livre d'avance, et
que le finir soit aujourd'hui l'acquittement
d'une dette.

Il est possible encore que ce livre, offert
au public, soit écrit pour une seule personne
et destiné seulement à être lu par elle.

Il est possible.....

Tout est possible.

Quoi qu'il en soit, le scrupule qui nous a arrêté un moment comme une pierre cachée sous l'herbe, nous a donné l'idée de mettre dans notre livre quelque chose d'utile.

Établissons l'utilité de ce que nous avons à dire.

Il y a des gens qui, sur le point de faire la nuit une route dangereuse, refusent de prendre des armes, sous prétexte qu'ils n'ont pas peur.

A notre sens, nous avons meilleure opinion du courage de l'homme qui charge ses pistolets, ou assure dans sa main un bon bâton, un rotin, ou un cornouiller, ou une épine, qui sont les seuls bâtons dont on puisse raisonnablement se servir, vu que nous pensons que dès l'instant que l'on se charge d'une canne, il faut que cette canne soit une arme.

Aux gens qui refusent de s'armer, demandez ce qu'ils feront s'ils sont attaqués, ils vous répondront : « Nous ne serons pas attaqués », et cela autant de fois que vous jugerez convenable d'adresser la question.

A cela nous répondrons pour eux : S'ils sont
attaqués, ils rentreront chez eux sans bourse,
sans chapeau, sans redingote, sans pantalon,
sans bottes et sans chemise, vêtus simplement
de leur peau, si tant est qu'un peu de résistance n'ait pas forcé les agresseurs à l'endom-
mager.

Nous ne voyons pas plus de courage à s'exposer à un danger auquel on ne croit pas,
qu'à mettre le pied sur un plancher que l'on
sait ou que l'on croit, ce qui est la même
chose, parfaitement solide.

Conséquemment, quand nous aurons dit
que la chose utile que nous voulons placer
ici est l'indication claire et précise du meilleur terrain possible pour un duel, beaucoup
de gens crieront et s'exclameront, disant que
le duel est une chose que l'on doit éviter, que
c'est un mal qui ne devrait pas exister, et qu'il
est inutile et immoral de donner des conseils
aux gens sur ce qu'ils doivent faire après une
action qu'ils ne feront pas. A cela, nous répondrons d'abord, que le duel, fût-il un mal,
il faut être prêt à tout ; que tel homme, en
sortant d'une maison où il avait parlé élo-
quemment pendant une heure et demie contre

le duel, a, en sortant, été tiré de sa méditation philanthropique par un coup de coude, qu'a suivi une querelle, qu'a suivie un coup d'épée.

Ce qui s'explique facilement par cela, que la raison fait toujours de sang-froid des lois pour les hommes sous l'empire des passions, comme un tailleur qui prendrait mesure d'un gilet à un homme après un mois de diète, le gilet sera trop étroit et crèvera. Or, comme le duel est toujours possible, il est inutile de joindre aux divers désagrémens qu'il entraîne, l'incertitude sur le terrain où il doit avoir lieu, de longues et fatigantes recherches qui n'aboutissent le plus souvent qu'à prolonger une situation pénible, et à se placer dans un lieu où l'on est exposé à des regards au moins désagréables.

C'est le seul but que nous ayons en donnant l'indication de ce terrain, qui est réellement le plus convenable auprès de Paris. Nous ne conseillons à personne de se faire une querelle exprès pour en profiter, à l'exemple de l'ami avec qui nous avons levé le plan, et qui nous disait qu'il allait être plus pointilleux pendant une semaine, tant il lui semblait agréable de se battre en si belle place.

Vous sortez de Paris par la barrière des Bons-Hommes, vous gagnez le pont de Grenelle, que vous traversez ; puis, sur la rive, vous suivez le cours de l'eau, vous faites cent cinquante pas sur la grève ; à gauche, vous trouvez une petite ruelle, au coin de laquelle est un marchand de vin : elle s'appelle *rue Javelle.* Une fabrique de charbon animal élève au-dessus une épaisse fumée, dont l'odeur s'étend au loin, et peut vous guider ; vous entrez dans la rue, bordée d'un côté par une haie d'aubépine ; vous franchissez une barrière de bois, et vous marchez entre des ormes et des sureaux ; vous franchissez une seconde barrière, et, un peu à droite, vous découvrez une plate-forme unie comme des dalles, et creusée dans le ciment à plus de six pieds de profondeur. Là vous êtes à l'abri de tous les regards, sur un terrain ferme et nullement glissant.

Que Dieu favorise la bonne cause !

Si tant est que, dans une querelle, il puisse arriver qu'on n'ait pas tort tous les deux.

Si par hasard il advient que l'affaire s'arrange sur le terrain ;

Ce qui est la plus sotte chose qui se puisse imaginer ; car ce que le duel a de sensations pénibles est dans le temps qui le précède, mais nullement quand on a l'épée à la main, l'émotion étant alors complétement nulle.

S'il arrive que l'affaire s'arrange, et que vous vouliez vulgairement déjeuner, vous reprenez le même chemin pour gagner la rivière, et vous suivez le courant jusqu'à une petite île bien verte ; vous appelez le batelier, lequel fait d'excellentes matelottes, et vend un petit vin clair qui exhale un délicieux parfum de raisin, à tel point, que nous, qui d'ordinaire ne buvons pas de vin, lorsque nous allâmes lever le plan du terrain pour vous le transmettre, nous en bûmes plus d'une bouteille, ce qui nous rendit pour le reste du jour excessivement gai et facétieux.

Et encore, avant de poursuivre, nous devons demander pardon aux lecteurs, si ce livre en a, ce qu'il nous serait extrêmement désagréable de ne pas croire, des fautes et des négligences qui fourmillent en lui, et à cet effet nous transcrivons un fragment de lettre qui en fait foi.

MON CHER MONSIEUR ALPHONSE,

. . . .

J'ai lu les épreuves de votre livre ; je pense

que vous éviterez de légères incorrections, *à cause que*, souvent répété, *de suite* pour *tout de suite*, etc., etc.

Tout à vous.

* * *

XV.

Un jour Stephen se leva, et sans rien répondre aux questions de la vieille femme qui le gardait, il s'habilla et se mit en route pour sa petite maison au bord de la rivière.

Le soleil était ardent.

Le jardin était devenu bien beau. On ne voyait plus la façade de la maison, tant les grands églantiers avaient poussé de feuilles et de fleurs, tant la vigne-vierge et le houblon avaient étendu leur sombre et large feuillage.

Il parcourut tout silencieusement, de temps à autre s'arrêtant aux endroits qui réveillaient les souvenirs les plus cuisans.

Il arriva au vivier ; « Ce treillage , dit-il, elle l'avait demandé pour que nos enfans ne tombassent pas dans l'eau.

« Je n'aurai jamais d'enfans , moi. »

Et du pied il brisa et renversa le treillage.

Il arriva à la petite tonnelle, « Ce petit banc où il y avait deux places pour elle et pour moi, je n'y viendrai que seul maintenant ; ces beaux chèvrefeuilles et ces beaux églantiers, leurs guirlandes parfumées devaient ombrager sa tête et la mienne.

« Il n'y a pas besoin d'ombre pour moi tout seul. »

Et il arracha les chèvrefeuilles et les églantiers et les mit en pièces sous ses pieds.

Et avec un bâton il se mit à hacher l'aubépine en fleurs de la haie qui entourait le jardin.

Il arriva aux tilleuls ; leur jeune feuillage s'était épaissi, il enleva de l'écorce leur chiffre à Magdeleine et à lui qu'il y avait tracé pour rappeler d'autres lieux et d'autres jours.

Là était le jardin-fleuriste destiné à M. Müller ; une belle planche de tulipes était en fleurs, ainsi que les renoncules et les anémones , et une belle collection de rosiers : la terre en un instant fut couverte de leurs débris.

Puis il entra dans la maison ; il trouva dans la chambre destinée à M. Müller des livres de science et d'horticulture , il les déchira.

Puis il monta à la chambre tapissée de bleu.

« C'était notre chambre ! »

Et involontairement il repassa dans son esprit tout le bonheur qu'il avait espéré.

Et quand il pensa que tout cela était perdu pour lui, il entra en fureur, et arracha et mit en lambeaux la tenture bleue de la chambre, et brisa un beau miroir destiné à Magdeleine ;

Et parcourant le reste de la maison détruisit tout ce qui avait été apporté pour elle.

XVI.

Faites votre jeu, messieurs.

PENDANT plus d'un mois ensuite, Stephen
erra de côtés et d'autres, sans but et presque
sans repos ; marchant dans la campagne des
journées entières, sans voir personne, sans
dire une parole; quelquefois se couchant au
soleil dans la grande herbe, au bord de la
rivière, et immobile comme une pierre, re-
passant ses souvenirs et pleurant : souvent une
sombre fureur s'emparait de lui quand il se
demandait : « Tandis que je pleure ici, que

fait-elle? Oh! se disait-il, elle n'est pas encore levée, elle est au lit, dans les bras de son mari »; et alors il marchait à grands pas du côté de la ville pour aller étrangler Magdeleine de ses mains, et écraser sous ses pieds la poitrine d'Edward.

Un jour seulement il alla jusque-là, et comme il traversait la promenade, il vit Magdeleine au bras d'Edward; des hommes et des femmes parés les entouraient. Magdeleine parlait, et sans doute ses paroles étaient moqueuses, car tout le monde riait en les entendant. Stephen s'arrêta sans pouvoir ni marcher, ni respirer, obligé de s'appuyer contre un arbre.

Les passans se retournaient pour voir Stephen; sa figure était horriblement pâle et décharnée, ses cheveux mal peignés retombaient sur ses yeux; ses vêtemens étaient à moitié déboutonnés et très déchirés; sa chaussure n'était pas cirée, et depuis bien longtemps la brosse n'avait touché ni son chapeau ni ses habits.

Aussi, quand Edward l'aperçut, il détourna de lui les yeux avec dégoût, entraîna Magdeleine et remonta avec elle dans sa voiture:

leur départ laissa Stephen comme stupide ; ce
ne fut qu'au bout de long-temps qu'il s'aperçut
qu'il était devenu l'objet de l'attention générale, et qu'un cercle s'était formé autour de
lui.

Il promena sur ceux qui l'entouraient un regard d'étonnement et de dédain, et comme il
fit un pas la foule s'écarta avec une sorte de
crainte, et le suivit à quelque distance jusqu'à
l'extrémité de la promenade.

Comme il rentrait dans la ville où il de-
meurait, il rencontra une ancienne connaissance, Wilhem Girl, qui autrefois lui avait
servi de témoin dans un duel, et auquel il
avait négligé de porter, selon sa promesse,
une récompense pour le service qu'il lui avait
rendu.

Rien n'était changé pour Wilhem ; le soleil
n'avait plus guère que deux heures à rester
à l'horizon, et Wilhem fumait, couché sur
l'herbe, au pied de la haie du côté opposé à
celui où Stephen l'avait trouvé autrefois.

Stephen l'aborda et se fit reconnaître.

« Par la mémoire de mon père, dit Wilhem,
je ne vous aurais pas reconnu. Vous, autrefois
si leste, si bien portant, avec un teint si animé

et une démarche si vigoureuse ; vous êtes bien changé ; vous étiez maigre déjà alors : mais quelle différence aujourd'hui ! Vous autres hommes de ville, vous vous fanez comme des fleurs dans une cave, et puis les soucis vous rongent le cœur : si vous étiez comme moi, resté au soleil, vous auriez conservé votre santé. »

Comme ils parlaient, un homme mis avec élégance et monté sur un beau cheval s'approcha d'eux et dit à Stephen : « Mon ami, porte cette lettre à son adresse ; si tu y mets de la diligence tu n'auras pas à t'en repentir. Je t'attendrai ici. »

Stephen, sans lui répondre, fit signe à Wilhem, qui prit la lettre et partit.

L'étranger attacha son cheval à la haie, et s'assit à une petite distance de Stephen. Pendant quelque temps il siffla dans ses dents, puis avec sa cravache s'amusa à couper les petites fleurs et les brins d'herbe les plus élevés.

Et quand il se fut passé assez de temps pour qu'il pût espérer de voir revenir Wilhem Girl, ses yeux restèrent fixés sur le chemin qu'il avait pris. Plusieurs fois il se leva pour aller au-devant de lui jusqu'à un endroit où un monticule permettait d'étendre la vue.

Enfin Wilhem arriva ; il rapportait une lettre ; l'étranger hésita à l'ouvrir, comme un homme qui craint de perdre une dernière espérance ; puis brusquement fit sauter le cachet et lut rapidement : en lisant il pâlit et passa sa main sur ses yeux comme si un nuage l'empêchait de voir, et il relut une seconde fois.

« Malédiction ! s'écria-t-il. C'est impossible. »

Il relut encore la lettre, et ses bras tombèrent de stupéfaction et d'abattement.

Puis, il marcha à grands pas, et après avoir jeté quelques pièces de monnaie à Girl, il monta sur son cheval, lui donna des deux éperons dans les flancs, et comme il s'élançait le retint si brusquement, qu'il se cabra et faillit le renverser, puis il le laissa aller au pas, plongé qu'il était dans un morne abattement.

Quand Stephen eut réparé son oubli à l'égard de Girl, il se mit aussi en route, et bientôt rattrapa le cavalier ; il avait laissé tomber sa cravache : Stephen la ramassa et la lui rendit. « Je vous remercie, dit l'étranger. Suis-je sur la bonne route ?

— « Où voulez-vous aller ? dit Stephen.

— «Ma foi, je ne sais pas. » Ce que j'ai de mieux à faire, continua-t-il à demi-voix, et se parlant à lui-même, c'est, je crois, d'aller au fond de la rivière, ou de me faire sauter la cervelle. «Vous êtes d'heureux coquins, vous autres, ajouta-t-il haut; vous êtes à l'abri de ce qui me tue aujourd'hui.

— « Je ne suis pas un coquin, dit Stephen en souriant amèrement, et encore moins je suis heureux, et je doute fort que vos malheurs soient aussi irréparables que les miens. »

L'étranger parut surpris du langage de Stephen; il le regarda, et avec le tact d'un homme qui a vécu dans le monde, sans lui témoigner de surprise ni lui demander d'excuses du ton avec lequel il l'avait traité, il mit son cheval au pas de Stephen; et du ton dont on parle à son égal :

« *Monsieur*, dit-il, ma position est celle-ci : J'ai perdu quinze mille florins au jeu avec un baron de Versheim. Je suis sûr qu'il a triché et m'a volé indignement. Je n'ai pu m'empêcher de le dire; il a fait le geste de me donner un soufflet; on m'a arrêté

comme j'allais lui casser un fauteuil sur la
tête : je lui ai demandé raison ; il m'a répondu
que ce serait une manière trop commode de
payer ma dette, et qu'il ne se battrait avec
moi qu'après avoir reçu son argent; que si
j'y tenais il fallait me presser, attendu qu'il
part demain au soir.

« Eh bien ! j'ai tant dépensé d'argent l'hiver passé, qu'il m'est impossible de réaliser
cette somme avant une semaine. Je viens d'é-
crire à un oncle pour la lui emprunter. La
vieille bête m'a refusé. Je n'ai d'autre res-
source que d'aller brûler la cervelle au baron
de Versheim et de m'en faire autant après.
Mais, dit l'étranger entre ses dents et après
avoir examiné le costume de Stephen, à quoi
m'amusé-je à vous raconter cela, si ce n'est
qu'au moment de prendre une grande résolution on se donne des prétextes pour ajour-
ner sa décision, et l'on se plaît à laisser flaner
son esprit.

— « Allons, dit Stephen répondant à une
idée qu'il roulait dans sa tête depuis quelques
minutes. Allons.

« Monsieur, continua-t-il, peut-être n'avez-
vous pas eu tort autant que vous le croyez

de me confier votre situation ; car je puis vous prêter les quinze mille florins.

— « Vous ! dit l'étranger avec un doute très prononcé.

— « Moi, » dit Stephen.

Et comme ils étaient près de la maison, il entra, prit un papier, et lui dit : « Voici un contrat qui vaut le double ; il vous sera très facile de trouver à emprunter dessus vos 15,000 florins ; voici ma procuration.

— « Monsieur, dit l'étranger, je ne saurais vous peindre mon étonnement ni ma reconnaissance ; je suis à vous à la vie à la mort, et je ne serai pas ingrat. Vous me donnez plus que la vie, vous me sauvez l'honneur ; j'accepte votre offre comme un secours qui me viendrait du ciel ; demain au soir vous me reverrez ; donnez-moi votre nom et votre adresse. »

Quand il fut parti Stephen songea qu'il avait peut-être compromis gravement sa petite fortune : « Bah ! dit-il, que me fait cet argent, puisque ce n'est pas pour elle. »

Plusieurs jours se passèrent sans qu'il reçût aucune nouvelle de l'étranger.

Pendant ce temps il alla souvent voir Fritz ;

l'aspect du bonheur calme et continu dont jouissait le pêcheur au milieu de sa femme et de ses enfans lui serrait le cœur au point qu'il quittait la maison pour pleurer en liberté, et insensiblement sa douleur farouche se changea en tristesse morne et en mélancolie.

XVII.

Que l'inconséquence est une conséquence nécessaire des passions.

Pendant trois jours Stephen travailla, bé-
cha, replanta.

.Il voulut rassembler autour de lui tous ses
souvenirs, fit retendre la chambre bleue,
remplacer les livres de M. Müller, et refaire
son jardin-fleuriste.

Le treillage fut relevé autour du vivier, et

lui-même refit le berceau au-dessus du petit banc.

Tout autour de lui devint comme si Magdeleine eût été sa femme et eût habité avec lui la petite maison.

Dès le matin il se levait, et allait s'asseoir sur le banc de verdure; là, il tirait de son sein la seule lettre de Magdeleine qu'il eût clandestinement conservée, et après l'avoir lue restait la tête pendante sur la poitrine, le regard fixe et immobile.

Cependant le soleil montait à l'horizon.

Il colorait d'un reflet jaune la rivière qui coulait au bas du coteau.

Puis arrivé à son zénith il semblait dévorer la terre.

Puis dans des flocons de feu et de pourpre il se couchait.

Et Stephen n'avait pas fait un seul mouvement de tout le jour.

Alors la voix retentissante de Fritz l'appelait pour dîner; il se levait, et lentement descendait à la rivière, où il trouvait le bateau de Fritz.

Et le soir, seul, par les belles nuits calmes, ou souvent encore par ces vents tourbillonnans qui précèdent l'orage, et balancent l'eau en larges lames.

Il prenait le bateau de Fritz et allait errer sur la rivière, et il chantait les airs qu'il avait autrefois entendu chanter à Magdeleine, et cette chanson de Goëthe qu'elle lui faisait répéter souvent.

> Ma richesse, c'est la feuillée,
> Un ciel d'azur, de verts tapis, etc.

Et alors, pour quelques instans, il revivait de sa vie passée, respirait le même air, et retrouvait les mêmes sensations, et restait n'osant plus ni parler, ni remuer, ni respirer, dans la crainte de rompre le charme, et de retomber du ciel, où l'avaient emporté ses souvenirs, sur la terre dure où se brisait cette dernière illusion.

XVIII.

De la Musique.

Qui me rendra cet âge où , dans son innocence ,
Le cœur danse aux chansons que chante l'espérance.

. . . . Chacun de nous , sur un banc à l'écart ,
Humera le soleil , cet ami du vieillard ;
Et souriant encore à l'aspect d'une femme ,
Au feu des souvenirs réchauffera son âme.
C. DELACOUR.

Pour les imaginations exaltées et poétiques la vie est partagée en deux parts, l'espérance et les regrets.

A leur entrée dans la vie, ces imaginations parent l'avenir, l'amour, l'amitié, de couleurs si éclatantes qu'il est impossible, quelle que belle que soit la réalité, qu'elles n'éprouvent pas de cruels désappointemens, et qu'à mesure qu'elles touchent un de ces bonheurs qu'elles ont rêvés, elles ne se disent pas, tristement déçues et découragées : *Ce n'est que cela.*

Puis quand une à une se sont effeuillées toutes ces illusions comme une rose au vent, quand soi-même, poussé par un stupide amour de la sagesse et de la vérité, on en a péniblement arraché quelques unes, et qu'on a fini par se convaincre que ce bonheur qui colorait nos songes n'est qu'un enfant de notre imagination,

Il advient que l'on n'a plus de foi à l'avenir, ou qu'on le trouve si peu savoureux qu'on en détourne les lèvres, et que le passé même nous paraît une mystification, mais qu'on ne peut s'empêcher de regretter, et l'on s'efforce de ruminer et de remâcher sa vie,

Comme les vieilles femmes pauvres remettent plusieurs fois de l'eau chaude sur le marc du café.

Aussi bénissons-nous tout ce qui nous rapporte un souvenir, tout ce qui nous le rend présent et vivant.

Arrivé à cette moitié de la vie, il n'y a pas une fleur, pas un arbre, pas un brin d'herbe, pas un son, pas une couleur, pas un parfum qui n'apporte avec lui son souvenir.

Ainsi, pour nous qui écrivons ceci, et qui pour la première fois avons vu un noueux chèvrefeuille sur la tombe d'une jeune fille, l'odeur du chèvrefeuille nous rappelle toujours un cimetière, et il nous semble que l'âme emprisonnée dans la bière avec le corps, monte avec la séve de l'arbuste, et s'échappe de ses fleurs pour retourner au ciel en suave parfum. Pour nous le chèvrefeuille sent l'âme et l'immortalité.

Des liserons qui rampent et grimpent en laissant retomber leurs fleurs en cloches blanches, roses, violettes, nous rappellent certain treillage de certain jardin où nous ne saurions entrer aujourd'hui sans nous sentir le cœur horriblement serré.

Mais ce qui surtout ramène à nous un souvenir bien complet et bien intact, c'est la musique, c'est un air que nous avons chanté ou entendu à telle ou telle époque de notre vie ; c'est comme un chant magique qui galvanise un moment de notre vie effacée, et le fait passer devant nous.

Pour le vieillard dont les genoux tremblent et la tête hoche, je gage qu'entendre l'air que chantait de sa douce voix la première femme qu'il a aimée, lui rend pour cinq minutes dix-sept ans, ses illusions, son amour, l'éclat de son regard, je dirais presque sa fraîcheur et sa force ; mais au moins j'affirme que, pour un moment, sa tête cesse de hocher et ses genoux de trembler, et que ses cheveux paraissent moins gris.

Aussi tel air insignifiant pour tous, à une harmonie céleste pour un seul, parce que ce n'est pas à l'oreille mais au cœur qu'il résonne.

Nous ne pouvons fredonner sans émotion l'air sur lequel nous faisait former des pas M. Cornet, notre maître de danse, quand nous étions au collége, duquel M. Cornet les soins ont été perdus, car nous sommes resté le plus mauvais danseur de France.

Cette émotion ne vient pas de regrets pour le collége, car en ce moment nous en étions outrageusement expulsé, et nous avions d'autre part un professeur avec lequel nous nous

battions désavantageusement tous les deux
jours, le jour d'intervalle étant consacré à un
séjour au cachot.

Mais, en ce temps, nous avions dans la tête
et dans le cœur quelque chose qui nous in-
téressait bien autrement que le grec et le
latin, et la danse.

Quand nous voulons préciser une époque
de notre vie ou de l'histoire contemporaine,
il nous est fréquent de dire : c'est à l'époque
où les orgues de Barbarie jouaient tel ou tel
air. Ainsi, quand advint à Paris la mystification
des piqûres, les orgues jouaient l'air *Colin
et Colinette dedans un jardinet;* au moment
où fut tué le duc de Berry, et où nous entrâmes au collège, on chantait *c'est l'amour,
l'amour, l'amour,* etc. Plus récemment, il y a
un petit air allemand qui nous rappelle le jour
où nous avons, pour la première fois, savouré
un bonheur auquel nous commencions fort à
ne plus croire, etc., etc.

Et nous pensons qu'il ne serait pas difficile,
et surtout qu'il serait très exact d'écrire pour
soi-même l'histoire de sa vie, en musique, c'est-
à-dire d'écrire l'air que l'on entendait à chaque
époque; la lecture de ces souvenirs ne nous

rendrait pas seulement les faits, elle nous rendrait aussi les sensations et l'aptitude aux sensations.

Puisque nous parlons de la musique, nous nous permettrons d'émettre une idée qui nous a beaucoup tourmenté, c'est que nous considérons comme une absurde monstruosité d'attacher des paroles à la musique.

La musique doit monter au ciel en emportant notre âme après elle. Pourquoi la lester d'un lourd langage qui ne monte pas plus haut que l'oreille des hommes ?

N'est-elle pas elle-même un langage ? N'est-elle pas le langage de l'âme à l'âme, comme les mots le langage de la bouche aux oreilles, de l'esprit à l'esprit. Pourquoi la charger d'une traduction interlinéaire toujours inexacte ?

Quand j'entends de la musique traînant péniblement après elle de lourdes paroles, comme en font MM. Planard et autres, il me semble la voir boiteuse ; je crois voir un oiseau que des enfans forcent à traîner des chariots de carton, quand il voudrait planer au-dessus de la cime des arbres ; je crois voir un hanneton attaché par la pate à un bout de fil.

Le premier qui a mis des paroles à de la

musique était un barbare mal organisé, qui, ne pouvant élever son âme à la hauteur de la musique, a voulu l'abaisser jusqu'à lui, et s'est servi des paroles comme on se sert de plomb pour faire tomber l'alouette qui, joyeuse, monte au ciel en chantant.

Tout ce que nous venons de dire sur la musique n'est pas un simple bavardage de l'auteur, comme on pourrait nous en accuser; c'est simplement pour bien faire comprendre tout le charme de mélancolie que Stephen pouvait trouver à chanter la nuit :

Ma richesse, c'est la feuillée, etc.

XIX.

A M. Stephen, propriétaire. — M. Walfurst, homme de loi.

MONSIEUR,

Un de mes cliens, qu'un duel funeste vient d'enlever à ses amis et à une vie heureuse sous tous les rapports, a déposé entre mes mains un testament dans lequel se trouvent des dispositions qui vous sont relatives.

Veuillez donc vous transporter chez moi, ou envoyer quelqu'un muni de votre procuration pour prendre connaissance desdites dispositions.

J'ose espérer, Monsieur, que vous voudrez bien me conserver la confiance qu'avait en moi feu M. de Nelsheïm, et me charger de vos affaires, auxquelles j'apporterai le plus grand zèle et la plus grande activité.

En attendant l'honneur de votre visite, j'ai l'honneur d'être,

Monsieur,

Votre très humble et très obéissant serviteur,

J. WALFURST.

XX.

Stephen était assis morne et silencieux depuis le matin.

Les personnes qui sentent fortement, et nous ne rangeons pas dans cette classe celles qui proclament à son de trompe leurs sensations et leurs émotions, sont aussi friandes et avares de leurs douleurs que de leurs bonheurs, renferment les uns et les autres au fond de leur cœur, et ne les laissent pas s'évaporer en paroles.

Les paroles en effet qui sortent d'un cœur en proie à la tristesse ou à la joie, semblent des abeilles qui, sortant du calice d'une fleur, s'envolent toutes couvertes de la poussière jaune des étamines, et les pates chargées de suc.

Aussi, aux gens qui nous entretiennent longuement de leurs sensations, de leurs plaisirs ou de leurs chagrins, ce que l'on doit réserver pour ses amis, d'abord parce que c'est ennuyeux pour tout autre, ensuite parce qu'il faut que les amis aient quelque chose de plus que les autres, nous sommes véhémentement tentés de dire : « Voilà si long-temps que vous parlez de votre chagrin que nous gageons qu'il n'en reste plus au fond de votre cœur ; c'est un parfum évaporé. »

Le creux de sa vie effrayait Stephen. La seconde moitié ne serait employée qu'à porter le deuil de la première.

Il pensa à se tuer.

Beaucoup ont déclamé contre le suicide.

Nous n'avons au fond de ces déclamations jamais trouvé que la peur de la mort de la part de l'auteur.

On a à ce sujet accumulé un grand nombre de niaiseries.

L'une vient de Cicéron, et a été toujours répétée depuis.

« L'homme n'a pas plus le droit de mourir qu'une sentinelle de quitter son poste. »

Nous ne répondrons pas à un raisonnement qui fait de Dieu un caporal, et d'ailleurs, nous pensons que Dieu s'occupe fort peu de nous ; qu'il y a bien de la vanité à nous, petits, de croire que nous pouvons l'offenser, et qu'il ne prend la peine ni de nous récompenser ni de nous punir, laissant au hasard et au savoir-faire de chacun le soin d'arranger et de conduire sa vie. On dit encore : « Qu'il y a plus de courage à supporter le malheur qu'à se tuer, que l'on se tue par lâcheté. »

Ce qui n'est pas vrai ; et ceux qui, dans leur vie, ont eu envie de se tuer savent le contraire.

Nous pensons, au contraire, qu'il n'y a rien de si raisonnable que de quitter un habit qui nous gêne, un lieu où nous sommes mal, de déposer un fardeau trop lourd pour nos épaules.

Stephen donc pensa à se tuer.

Il y avait encore dans la mort quelque chose de poétique qui le séduisait; il enverrait à Magdeleine avec une lettre des cheveux, qu'il chargerait un ami de couper sur sa tête morte; il prendrait encore place dans la vie de Magdeleine au moins pour quelque temps.

Mais aussi il pensa que rien ne lui garantissait que ses dernières volontés seraient exécutées; qu'on lui promettrait tout ce qu'il voudrait, comme on fait à un malade; mais qu'après sa mort on serait retenu par la crainte de faire à Magdeleine un mal inutile, car les plus saintes promesses meurent d'une caresse ou d'une chiquenaude.

Que Magdeleine ignorerait sa mort ou du moins n'en saurait pas la cause ; que cette mort n'interromprait pas d'une minute ses plaisirs.

Et il s'indigna contre elle, pensant qu'il lui avait sacrifié toute sa vie, qu'il avait rejeté tous les plaisirs de son âge, et qu'elle l'avait abandonné pour un homme plus riche.

« Qui sait, dit-il, si ces plaisirs que j'ai méprisés ne me la feraient pas oublier? car je veux l'oublier.

« Il y a de la bassesse et de la lâcheté à aimer une femme qui vous méprise ; ce n'est pas le corps d'une femme que l'on peut aimer, c'est son amour ; et Magdeleine ne m'aime plus ; et il y a d'autres femmes ; et il y a bien des bonheurs que je ne connais pas. ».

Comme ses idées avaient pris ce cours , une voix qui venait de la rivière appela :

« Stephen ! ohé. »

C'était Fritz, que Stephen avait envoyé chez M. Walfurst.

L'étranger auquel il avait prêté trente mille florins s'était battu et avait été tué , mais avant de mourir il avait assuré à l'inconnu qui avait eu la générosité de lui prêter de l'argent, la moitié de sa fortune, qui était très considérable.

« Monsieur Stephen, dit Fritz en finissant, vous avez plus de dix mille florins de rente. »

XXI.

MOURIR, pensa Stephen, et je n'ai pas encore vécu; serai-je comme un voyageur qui
sortant de sa ville natale et voyant les fau-
bourgs sales, boueux et pauvres ne continue
pas le voyage ?

De toute la vie, de tout ce qu'elle renferme
de bonheur et de plaisir, de tout ce qu'elle
peut offrir au cœur et à l'esprit, je ne connais rien, rien qu'une femme

Mon cœur a senti, mais mon esprit, ma curiosité, n'ont point encore eu d'alimens.

Et en livrant ainsi toute ma vie à une femme, ne suis-je pas aussi fou que ces horticulteurs qui, au milieu d'un jardin, n'aiment et ne voient que les tulipes, et même qu'une seule variété de tulipes; comme si toutes les fleurs n'avaient pas leur couleur et leur parfum; comme si toutes les femmes n'avaient pas à donner de l'amour au cœur et des plaisirs aux sens.

Il pensa alors que jamais il n'avait eu une femme à lui dans ses bras, sur sa poitrine; il rappela le souvenir de Marie.

Oui; mais, pensa-t-il, ne l'ai-je pas vue aux bras d'Edward !

Mais pourquoi exiger des femmes une vertu et une force qui n'est pas en elles ? pourquoi ne pas se contenter de ce qu'elles ont à donner ? Pourquoi demander des roses au jasmin, du chèvrefeuille aux orangers, au lieu de savourer l'odeur du jasmin et des orangers ?

Et il resta la tête dans les mains.

Car devant ses yeux se formaient des tableaux voluptueux de plaisirs inconnus ; un frisson courait partout son corps, et sa bouche

donnait des baisers à l'air embrasé par les rayons du soleil.

Tout à coup une idée lui vint : long-temps il resta les yeux fixes et immobiles, puis tout à coup se levant : « Au fait, pourquoi pas ? s'écria-t-il ; pourquoi ne pas fouiller dans la vie pour voir ce qu'elle a à à me donner de plaisirs ! »

XXII.

Hurren-Hauss.

Jusqu'à l'honneur de vous revoir, dit une vieille femme qui éclairait du haut d'un escalier tortueux.

Et comme elle n'avait plus rien à attendre de ceux qu'elle éclairait, elle rentra avec sa chandelle, et laissa dans une profonde obscurité Stephen et ses amis.

Stephen, qui était entré ivre dans la maison, était alors complétement dégrisé.

« Est-ce donc là, se disait-il, le but d'un amour si poétique et si beau ? voilà où Magdeleine m'a conduit, moi, pour qui l'amour était un culte et une religion ; je sors des bras d'une prostituée ; mes lèvres sont encore humides de ses baisers payés, de ses baisers qu'elle me donnait avec ennui et dégoût, et parce qu'elle ne pouvait s'en dispenser, car je les avais payés d'avance.

« Malheureuse femme, qui n'a pas partagé cette sorte de plaisir que je venais chercher, qui m'a prêté, pour un prix convenu, son corps, pour en faire ce que je voudrais.

« Jusqu'aux plaisirs des sens qui m'ont trompé ; que cela est loin des tableaux qui tourmentaient mes nuits ; je venais chercher un bonheur inconnu, et je n'emporte qu'un horrible dégoût, et un amer regret d'avoir collé ma bouche amoureuse sur cette bouche morte et salie par tant d'impurs baisers ; d'avoir consenti un moment à être un même corps et une même chair avec cette femme.

— « Allons, Stephen, est-ce que tu restes là-haut ? »

Il se hâta de rejoindre ses compagnons, et ensemble ils allèrent encore fumer et boire du punch, puis rentrèrent dormir.

Depuis quelques jours la vie de Stephen était bien changée ; il était venu chercher à la ville un camarade de son enfance ; il était riche, il fut bien accueilli ; et, après quelques jours il était lié avec tous les jeunes gens riches de la ville, qui n'avaient d'autre étude ni d'autre souci que de passer joyeusement chaque jour à mesure qu'il se présentait, sans s'occuper jamais de celui qui devait le suivre.

Ce jour-là, après une joyeuse orgie, Stephen, entraîné par l'exemple des autres, et plus encore par l'ivresse et la vigueur, jusque-là enchaînée, de son tempérament, les avait suivis dans cette maison.

XXIII.

Suzanne à Magdeleine.

J'espère, chère Magdeleine, que la santé de ton père ne te donne plus d'inquiétudes, et que la vue de sa fille et du bonheur que lui donne l'époux qu'il lui a choisi a ranimé une lampe où il n'y a plus beaucoup d'huile. *Tu es heureuse autant que tu peux l'être.* Ma

chère, ne te l'avais-je pas dit? et une autre
fois, hésiteras-tu à suivre mes avis?

Aujourd'hui que tu es raisonnable, je puis
te parler d'un homme qui a manqué te faire
faire une grande sottise, d'autant que les nouvelles que j'ai à t'en donner te rassureront
complétement sur les suites de *l'affreux désespoir* auquel tu craignais tant de le livrer.

Si M. Stephen est *désespéré*, si même il a
conservé le moindre chagrin, c'est un homme
adroit et profondément dissimulé; tu ne le
reconnaîtrais pas.

Non pas qu'il soit devenu raisonnable, il
n'a fait que changer de folie ; le Werther
d'autrefois est devenu un *aimable débauché;*
il s'est fait dans la ville une sorte de réputation ; il n'y a pas un cercle où l'on n'ait sur lui
quelque bonne histoire vraie ou fausse à raconter.

Et pour dire le vrai, si la moitié de ce qu'on
raconte de lui est fondé, c'est le cynique le
plus spirituel que l'on puisse voir.

Voici une de ces histoires, et que je puis
te certifier véritable.

Avant-hier les acteurs avaient annoncé un
nouvel opéra ; les bruits de coulisses en di-

saient un grand bien, et même sans cela,
cette représentation eût toujours été un prétexte de se parer et de se faire voir ; pour
ma part, je m'étais fait faire la toilette la
plus élégante que tu puisses imaginer. Jamais
peut-être je n'avais eu de si véhémens cha-
touillemens de coquetterie, et le temps bru-
meux ne permettait pas la promenade. Mais,
comme nous dînions, le domestique chargé
d'aller louer une loge revint nous dire qu'il
n'y avait aucun moyen d'avoir des places,
qu'elles étaient toutes louées ; ne pouvant
croire à cet empressement pour aller au théâtre, qui est si souvent vide, nous le fîmes
retourner, mais la nouvelle était vraie.

M. Stephen et deux de ses amis avaient
trouvé plaisant de louer d'avance toutes les
places du théâtre.

Il y avait en dehors une foule de gens qui
voulaient entrer, et d'autres qui venaient voir
ce qui se passait ; on se battait avec les employés du théâtre ; on criait ; c'était un horrible vacarme. Pendant ce temps les acteurs,
qui voyaient trois hommes dans la salle, ne
se pressaient pas de commencer ; mais quand
l'heure de lever le rideau fut passée, les

trois spectateurs firent un affreux bruit, et l'on commença.

L'opéra fut joué assez froidement; cependant les trois amis applaudissaient ou gardaient le silence, selon qu'ils jugeaient que méritaient les acteurs. L'opéra terminé, comme ils sortaient, ils trouvèrent à la porte plusieurs personnes; celles qui les connaissaient leur firent des questions auxquelles ils répondirent froidement que c'était pour jouir du volume qu'acquièrent les voix et les instrumens dans une salle vide.

Si tu sais, Magdeleine, le désœuvrement affreux d'une soirée dont le but a été manqué, le dégoût pour toute chose autre que celle que l'on avait projeté de faire, tu dois comprendre la mauvaise humeur générale, et le bruit que fit dans la ville cette plaisanterie, qui a dû leur coûter plus de mille florins.

On ignore la source de sa fortune, mais ce qui est certain, c'est que M. Stephen est devenu riche. Il vient de passer devant nos fenêtres sur un superbe cheval gris.

Tu vois qu'il n'a pas été long-temps à se consoler.

XXIV.

Suzanne à Magdeleine.

COMMENT, ma pauvre amie, ton père est si mal! Je ne te laisserai pas seule dans une aussi cruelle situation.

Après tout, Magdeleine, il faut non pas seulement du courage mais aussi de la raison : ton père est vieux, et pour lui ne vaut-il pas mieux qu'il meure sans souffrances, sans avoir ressenti aucune des infirmités qui peut-être allaient venir l'assiéger ?

Je partirai demain matin pour t'aller rejoindre.

M. Stephen remplit la ville de ses folies ; il s'est battu ce matin.

Au théâtre, hier soir, il aborda un spectateur fort tranquille.

« Monsieur, je vous demande mille pardons de vous déranger. — L'étranger s'inclina. — J'ai, reprit l'autre, un petit service à vous demander. — Parlez. — Il n'y a pas de crime à avoir un grand nez, le plus honnête homme du monde peut avoir un grand nez. — Où voulez-vous en venir ? — Il n'y a pas de crime à avoir un grand nez ; mais cependant un grand nez, et surtout un nez aussi grand que le vôtre, peut être gênant. — Eh bien ! — Eh bien ! je viens vous prier de déranger un peu le vôtre, qui me cache mademoiselle Clara tout entière. »

De cette plaisanterie d'assez mauvais goût est advenu une querelle, et ce matin deux coups de pistolet ont été échangés, fort heureusement sans résultat.

XXV.

COMME un soir Stephen, avec quelques uns
de ses compagnons, rentrait fort avant dans
la nuit, ils avisèrent qu'ils n'avaient pas soupé,
et se mirent en quête d'une hôtellerie; mais
tout était fermé, jusqu'aux plus mauvais ca-
barets, et personne ne voulut leur ouvrir. Ils
allaient tristement se séparer quand Stephen
aperçut de la lumière à travers les vitres d'une
boutique.

« Nous souperons ! » s'écria-t-il.

Et il frappa à la boutique ; un homme à moitié déshabillé vint ouvrir.

« Je vous souhaite le bonsoir, monsieur, dit Stephen ; comment vous portez-vous ?

— « Je vous remercie ; qu'y a-t-il pour votre service ?

— « Laissez-nous entrer d'abord ; il fait horriblement froid. »

Le marchand hésitait.

« N'ayez pas peur, nous ne sommes pas des voleurs ; » et ils déclinèrent leurs noms, qui étaient très connus dans la ville.

« Eh bien ! mon cher monsieur, nous sommes venus sans façon vous demander à souper.

— « Je vous remercie, messieurs ; mais il est très tard ; tout le monde dort dans la ville, et il faut que je sois levé avec le jour.

— « C'est égal.

— « D'ailleurs, je n'ai absolument rien à vous offrir.

— « Nous nous contenterons de ce que vous aurez ; » et Stephen voyant une armoire l'ouvrit : « Vive Dieu ! messieurs, un poulet rôti !

— « Messieurs, dit l'hôte, ceci passe la plaisanterie: il faut que chacun soit libre chez soi ; laissez-moi dormir, et allez-vous-en.

— « Ne nous avez-vous pas compris ? dit froidement Stephen ; nous vous demandons à souper, et nous soupons chez vous ; il me semble que c'est assez clair.

— « Mais, messieurs, je ne vous connais pas.

— « Nous ferons connaissance à table.

— « Je n'ai pas d'appétit.

— « L'appétit vous viendra en nous voyant manger.

— « Sérieusement, messieurs, vous n'avez pas l'intention de souper ici malgré moi.

— « Nous aimons mieux que vous vous y prêtiez de bonne grâce ; mais si vous ne le voulez pas, il faudra bien que nous employions la force.

— « Suis-je ou non le maître chez moi, messieurs ?

— « C'est à vous de le voir, monsieur.

— « Eh bien ! messieurs, j'exige que vous sortiez d'ici ! dit le marchand en colère.

— « Après souper.

— « Je vous jette à la porte.

— « Nous sommes trois et vous êtes seul.

— « Je vais appeler.

— « N'en faites rien ; nous nous barricadons ici, et nous soutenons un siége ; on brisera vos volets et vos vitres, vous n'en dormirez pas mieux pour cela, et demain, dans toute la ville, on fera une foule d'histoires sur ce qui s'est passé chez vous. Puisque votre nuit doit se passer sans dormir, il vaut beaucoup mieux la passer à boire et à manger qu'à se battre et à crier.

« Et vous vous ferez trois amis. »

Comme le marchand restait indécis frappant du pied, Stephen s'occupa de mettre le couvert. « Monsieur, où sont les assiettes ? Vous ne répondez pas, je les trouverai bien : les voilà.

— « Mais, messieurs, il n'y a pas d'exemple d'un semblable despotisme.

— « Ce serait tout simple si vous preniez bien la chose. Est-ce que vous n'avez pas d'autre vin ? voilà trois misérables bouteilles, et nous sommes quatre.

— « Je n'ai pas soif, dit le marchand.

— « Vous trinquerez pourtant avec nous, et d'ailleurs nous n'avons pas assez de trois bouteilles ; allons, conduisez ces deux messieurs à votre cave.

— « Vous vous moquez de moi , sans doute.

— « Eh! mon Dieu , non ; nous voulons souper , voilà tout. Soumettez-vous à la nécessité et tout ira bien. Voilà des clefs accrochées , la plus grosse est probablement la clef de la cave ; si vous ne voulez pas y conduire ces messieurs , ils iront sans vous ; mais dans votre intérêt je vous conseille de les éclairer pour qu'ils ne cassent pas de bouteilles. »

Et les deux compagnons de Stephen entraînèrent le marchand.

Pendant ce temps , Stephen acheva de mettre le couvert et de mettre sur la table ce qu'il trouva dans l'armoire , le poulet rôti, un morceau de bœuf , de la saür-craüt et des anchois.

Et comme les autres tardaient à revenir, l'animation de son visage disparut , il resta la tête dans les deux mains.

Dans tous ses écarts de gaîté , et dans ses plus grandes folies , presque jamais le sourire n'animait sa physionomie , non qu'il pensât toujours à Magdeleine , mais il y avait en lui une habitude de tristesse dont il ne se rendait pas compte , et le genre de plaisirs auxquels il se livrait était si étranger à sa nature, qu'il avait toujours l'air d'un homme égaré dans un pays inconnu.

Le marchand revint.

Les deux autres le suivaient chargés de bouteilles.

« C'est une horreur, disait le marchand. Je vais appeler.

— « Pourquoi faire du bruit? dit Stephen; dans deux heures nous serons partis.

« Allons, mettez-vous à table ; et ils le placèrent de force sur une chaise, et ils lui attachèrent une serviette autour du col.

Et ils commencèrent à manger.

« Mais, notre hôte, vous ne mangez pas?

— « Je n'ai pas faim.

— « Tant pis pour vous.

— « Stephen, que pensez-vous de Clara, la danseuse ?

— « Je la trouve fort belle.

— « Et les deux tiers de la ville pensent comme vous : il y a plus de deux cents jeunes gens amoureux d'elle ; elle est accablée de lettres et de présens. »

Stephen parut réfléchir : l'autre continua.

« Elle a un amant; c'est un homme qui

n'est pas disposé à la céder, et qui maintient Clara et ses adorateurs par la crainte ; car c'est le plus habile tireur à l'épée et au pistolet de toute la ville.

— « Je lui enlèverai Clara, dit Stephen.

— « Vous l'aimez donc bien ?

— « Non ; mais je veux qu'elle soit à moi.

— « Il faudra vous battre avec son amant.

— « Je me battrai.

— « C'est une folie.

— « Raison de plus. Dites donc, notre hôte, si vous ne mangez pas, au moins trinquez avec nous.

— « Je n'ai pas soif.

— « Il faut pourtant trinquer.

— « Je ne trinquerai pas.

— « Vous trinquerez.

— « Non.

— « Nous allons vous entonner le vin dans le gosier.

— « Ah ça, messieurs, n'est-ce pas assez de m'empêcher de dormir, de boire mon meilleur vin, et d'en boire jusqu'à l'hyperbole, et de manger tout ce qu'il y a chez moi, sans encore me tourmenter et me faire boire de force !

— « Il y a un moyen bien simple d'éviter ce désagrément.

— « Lequel ?

— « C'est de boire de bonne volonté.

— « Je ne boirai pas.

— « Alors, comme j'ai eu l'honneur de vous le dire, on va vous faire boire.

— « Je vais crier.

— « C'est inutile ; dans une demi-heure vous serez délivré de nous, tandis que si vous appelez, nous soutenons le siége et nous restons ici jusqu'à ce que les vivres nous forcent à capituler, et nous vous jetons hors de la ville comme bouche inutile.

— « Allons, je vais boire, je cède à votre folie. »

Et comme le matin ils sortaient de la boutique, Suzanne entra ; elle venait acheter des étoffes de deuil pour Magdeleine, M. Müller était mort.

Stephen la reconnut et pâlit.

Puis à ses amis, « Ce soir, il faut imaginer de bonnes folies ; j'ai besoin d'en faire. A ce soir.

— « A ce soir. »

Il rentra chez lui, et dans la journée apprit

la mort de M. Müller. D'abord il voulait voir Magdeleine.

Puis il changea d'idée, et écrivit une lettre où il lui disait qu'il sentait une sorte de bonheur à pouvoir partager une douleur avec elle.

Mais il pensa que sa lettre serait confondue avec les autres complimens de condoléance, et que l'on s'occupait si peu de lui qu'il n'avait pas reçu de lettre de faire part ; il déchira la lettre, et se dit, « A ce soir, de bonnes folies, du vin , des femmes, et je n'y penserai plus. »

XXVI.

« C'est une imprudence.

— « Cela ne fait rien, dit Stephen.

— « Aller ainsi provoquer le plus fort tireur de la ville.

— « P f f f.

— « Et il ne reculera pas; il vous tuera. »

Stephen était allé trouver un homme, et lui avait dit : « Monsieur, on m'a dit que vous étiez galant homme et fort obligeant. Vous êtes l'amant de la danseuse Clara ; voulez-vous me la céder ?

— « C'est sans doute une plaisanterie. — Non, monsieur, je ne plaisante pas, et je n'ai pas non plus et encore moins l'intention de vous insulter. Voulez-vous me céder Clara, oui ou non? — Eh bien, monsieur, non. — Pourquoi cela, monsieur? — Parce que je la garde. — Vous feriez mieux de me la céder, parce que si vous refusez il faudra que nous nous battions. — Je ne vous la céderai pas, et je ne me bats pas avec un fou. — Je ne suis pas fou; choisissez: ou me céder Clara ou vous battre avec moi. — Parbleu, monsieur! vous avez besoin d'une leçon, et j'accepte le cartel. — J'aurais préféré que vous me cédassiez mademoiselle Clara; mais enfin, vous avez le choix. — J'ai aussi le choix des armes. — Certainement, dit Stephen. — Partons. — Partons. »

Arrivés avec quatre témoins au lieu choisi pour le combat, Stephen s'approcha de son adversaire. « Avez-vous réfléchi à ma petite proposition?

— « J'ai réfléchi que votre proposition est fort impertinente.

— « Je ne vous demande pas comment vous

trouvez ma proposition ; je demande si vous consentez ?

— « Je ne consens pas.

— « Alors vous me voyez désespéré ; mais il faut nous battre.

— « Comme vous voudrez. »

Quand l'adversaire de Stephen fut seul avec ses témoins : « C'est incroyable, dit-il, malgré son impertinence, ce jeune homme me plaît, et j'ai de la peine à me décider à le tuer, et il est impossible que je ne le tue pas ; allez lui dire qu'il est mort s'il se bat avec moi. »

Le témoin s'acquitta de sa commission.

« C'est égal, » dit Stephen.

L'adversaire s'approcha.

« Est-ce que vous consentez ?

— « Non, monsieur ; mais votre opiniâtre imprudence me chagrine. Voyez un peu ce chapeau à terre à quarante pas ; c'est la position la plus désavantageuse pour tirer. »

Il tira et la balle traversa le chapeau. Stephen ne manifesta aucune émotion.

« Vous voyez, dit l'autre, que vous êtes mort ; car c'est à moi de tirer le premier.

— « C'est trop juste.

— « Je voudrais au moins rendre les armes

plus égales ; car je ne puis voir de sang froid un fou courir ainsi à la mort. »

Sur la proposition de l'adversaire de Stephen, on planta deux cannes à cinq pas l'une de l'autre ; chacun partant de sa canne fit vingt-cinq pas ; les témoins les armèrent d'un pistolet dans chaque main : il fut convenu qu'ils marcheraient l'un sur l'autre, et que chacun tirerait quand il le jugerait à propos.

Quand ils furent vis-à-vis l'un de l'autre à cinquante-cinq pas : « Eh bien, monsieur, cria Stephen, consentez-vous ? — Non. »

Stephen s'avança sans arrêter jusqu'à sa canne, et attendit ; l'autre le coucha en joue, mais en même temps pensa qu'il ne devait pas moins s'avancer que son adversaire, et vint aussi jusqu'à sa canne, sans que Stephen tirât sur lui ; ils se trouvèrent alors à cinq pas l'un de l'autre, ils se saluèrent.

« Monsieur, dit Stephen, pendant le temps que vous avez mis à venir jusqu'ici, avez-vous pensé à ma petite proposition ? — Oui, monsieur. — Et me cédez-vous Clara ? — Non, monsieur. — Voyons ; pensez-y encore une minute. — Ah, monsieur, c'est trop fort ! et voilà ma réponse. »

Et en disant cela, il armait ses pistolets ; mais Stephen, qui avait armé les siens d'avance, le prévint, et tira sur lui des deux mains à la fois.

Un coup fut perdu, l'autre traversa le chapeau de l'adversaire, et lui toucha les cheveux.

« C'est un peu haut, dit-il.

— « Oui, dit Stephen ; c'est trop haut.

— « Monsieur, votre vie est entre mes mains ; mais j'ai de la répugnance à vous tuer ; je ne suis vraiment venu me battre avec vous que par complaisance, et pour vous faire plaisir. Répondez à mon obligeance en retirant votre proposition, dont l'impertinence est telle que si vous ne la retirez, je suis forcé de vous tuer. Retirez-vous votre proposition ? »

Stephen réfléchit une ou deux secondes, et froidement croisa les bras, et dit : « Non, monsieur, » puis il pencha la tête sur sa poitrine, et attendit le coup.

« Je ne serai pas si fou que vous, dit l'autre ; et il tira en l'air.

— « Vous me cédez donc Clara ?

— « Non.

— « Alors il faut recommencer.

— « Non, de par Dieu ! car je vous tuerais ;
et vous êtes un homme brave et original ; je
ne me le pardonnerais de ma vie : Clara vous
a-t-elle autorisé à me la disputer ?

— « Non ; mais devant moi elle a dit qu'elle
saurait bon gré à celui qui la débarrasserait
de vous. — C'est une folle ; si elle me l'a-
vait dit, je me serais chargé moi-même de la
commission. Je me retire. Je n'ai pas cédé
à la menace. Mais je n'ai pas besoin d'une
femme qui ne m'aime plus.

« Et vous, monsieur Stephen, vous l'aimez donc bien ?

— « Vous savez mon nom ? dit Stephen.

— « Oui ; j'étais ami de Nelsheim, et hors
d'Allemagne lors de sa mort, sans quoi il
n'aurait pas eu besoin de recourir à votre
générosité ; grâce à sa reconnaissance, vous êtes
riche, et je sens un véritable chagrin de vous
voir prodiguer et user dans des affaires insignifiantes comme celle qui s'est passée aujourd'hui entre nous, tout ce qu'il y a en
vous de courage et d'énergie ; mais vous n'avez
pas répondu à ma question.

— « Vous demandez si j'aime Clara. Non ;
je veux l'avoir ; c'est un caprice, et j'ai re-

tranché de ma vie tout ce qui pourrait avoir plus d'importance qu'un caprice.

— « Mais si vous ne tenez pas à cette fille, pourquoi exposer ainsi votre vie ?

— « Parce que je tiens encore moins à ma vie qu'à elle ; mais, brisons là-dessus. Je vais voir à finir gaîment la journée.

— « Monsieur Stephen, je voudrais causer avec vous. Voulez-vous, dans trois jours, venir déjeuner avec moi ?

— « Avec plaisir. »

XXVII.

Ce qui se passa dans la maison préparée pour Magdeleine.

C'ÉTAIT dans la petite maison de Stephen, un des derniers jours d'automne ; alors que le soleil, semblable à une lampe qui va s'éteindre, semble se ranimer et nous donne encore quelques beaux jours. Il était dix heures de la nuit.

La lune , au travers du feuillage, répandait sur l'herbe un reflet bleuâtre ; un jour incertain qui prêtait aux arbres et aux arbrisseaux mille figures fantastiques. Le feuillage, qui se dessinait et se découpait vigoureusement sur le ciel, paraissait noir ; l'air était calme et embaumé par les dernières fleurs des chèvrefeuilles, la journée avait été excessivement chaude, et l'air était encore tiède.

Tandis qu'à travers les vitres de la maison on voyait briller les bougies, et que de temps à autre un vent léger apportait par bouffées le retentissement des éclats de rire et de la musique, à travers les arbres deux ombres s'avancèrent silencieuses : c'était un homme et une femme.

« Êtes-vous mieux ? — Oui ; l'air m'a fait du bien : rentrons. — Déjà ! pourquoi ne pas savourer plus long-temps cet air si calme et si pur, ce silence qui n'est troublé que par le tressaillement des feuilles ? Je vous en prie, restons encore un peu.

— « Reconduisez-moi au salon, et vous pourrez revenir seul.

— « Non. J'ai besoin d'une femme avec moi. Votre présence ajoute encore à la douce émotion que je ressens. Cette belle nature parée et parfumée, cette lune avec sa lumière si douce; tout semble un temple pour l'amour.

« Si vous n'étiez pas auprès de moi, il me semblerait que mon existence est incomplète. »

Et il pressait la main de sa compagne; et tous deux, sans rien dire, allèrent s'asseoir sur le petit banc de verdure.

« Quel calme! quel silence! Dans le tumulte de la ville, l'amour est un plaisir; ici c'est un besoin, c'est une condition de la vie. C'est la vie. »

Et il passa son bras autour d'elle.

« Laissez – moi; ôtez votre bras : que va-t-on penser de notre absence? On nous attend pour retourner à la ville.

— « On ne nous attend plus. Regardez : la maison n'est plus éclairée ; tout le monde est parti; tout est fermé : nous sommes seuls sous le ciel. »

Elle devint tremblante.

« Nous sommes seuls sur ce tapis de mousse et d'herbe, seuls sous ces arbres. »

Et il la pressait contre son sein. Tout doucement elle cherchait à se dégager de son bras, mais avec tant de mollesse, que Stephen n'avait pas grand' peine à la retenir; puis elle cessa de se défendre, et s'abandonna au bras de Stephen, laissant tomber sa tête sur son épaule; son cœur battait si fort qu'elle pouvait à peine respirer. Stephen aussi, son haleine était brûlante et entrecoupée.

Ils étaient tout près l'un de l'autre; leurs pieds, leurs genoux, leurs cuisses se touchaient. Stephen passa le bras autour de son col, et, l'attirant à lui, posa sa bouche sur celle de Clara; elle se débattit quelque temps, puis n'ayant plus de force elle se laissa faire, et bientôt rendit faiblement les baisers; il la serra sur sa poitrine, et ils s'embrassèrent d'un long baiser. Stephen la saisit dans ses bras.....

« Laissez, laissez, laissez-moi, je vous en prie; grâce. Oh! je t'en prie, laisse-moi.» Et elle se défendait encore.

Mais à demi-morte, épuisée par ses propres désirs, sans force pour résister, elle s'abandonna à Stephen, et pendant quelques instants on n'eût entendu que de longs soupirs et des gémissemens étouffés par des baisers.

Ils restèrent long-temps dans les bras l'un

de l'autre, et les arbres couvrirent de leur ombre leurs plaisirs jusqu'au moment où le vent devenant plus frais, ils rentrèrent dans la maison.

Le matin, Stephen n'était plus le même : sombre et taciturne, il hâtait le départ, et comme Clara, courant la maison et visitant chaque chambre l'une après l'autre, allait entrer dans la chambre bleue, il la saisit par le bras, et d'une voix pleine de colère, lui dit : « N'entrez pas dans cette chambre, n'y entrez jamais ; je vous tuerais. »

XXVIII.

D'un déjeuner où il se dit des choses quasiment raisonnables.

Omnia vanitas.

Tout est vide.

L'ami de M. de Nelsheim et Stephen déjeunant ensemble ainsi qu'il avait été convenu ; voici ce qui fut dit.

« Vous passez pour avoir de l'esprit et des talens ; vous avez de la force et de l'énergie ;

II.   9

pourquoi vous laissez-vous entraîner au hasard par le courant, au lieu de choisir une
route et de vous diriger vers un but?

— « J'avais un but, et quand j'allais le toucher il a disparu. C'était un feu follet que j'ai
long-temps suivi et qui s'est éteint entre mes
mains.

— « Il fallait vous tourner d'un autre côté ;
il y a tant de carrières ouvertes.

. — « Autant dire à un homme qui aurait
dépensé tout son avoir à gréer un bâtiment :
Faites le voyage par terre. Et d'ailleurs quelles
carrières s'offraient à moi?

— « La politique.

— « Je ne me sens porté pour aucun parti.
Le plus fort aura raison : le but n'a pas
assez d'intérêt pour moi pour que je me
résigne aux moyens. Par la politique, on
arrive à l'argent, aux places et aux honneurs:
l'argent, j'en ai assez pour vivre; j'en aurais
moins que j'en aurais encore assez ; pour
les honneurs et les places , voici ce qui m'arriverait : je dépenserais ma vie, je fatiguerais
mon esprit, je renoncerais à la liberté de ma
conscience et à la bonne foi; car la bonne foi
en politique est une niaiserie, c'est la mal-

adresse d'un homme qui voudrait combattre nu contre des hommes cuirassés. Avec la bonne foi, on n'arriverait à rien ; il faudrait de temps en temps approuver et louer ses adversaires, et on ne les renverserait pas. Il faudrait donner mon âme et mon corps, et en cas de succès, qui est toujours douteux, il faudrait avouer que je ne sais me servir ni des places ni des honneurs. La politique n'est qu'une lutte entre ceux qui ont et ceux qui n'ont pas. Je ne veux la place de personne, parce que dès que je l'aurais conquise, il faudrait la défendre ; j'aime mieux me faire moi-même une situation que personne ne songe à me disputer.

— « Ne vous sentez-vous donc aucune ambition ?

— « Je ne comprends de place que la première. Ni mes talens, ni ma position ne me permettent d'y aspirer ; mais je ne veux pas de place sur un échelon inférieur ; je me tiendrai à côté de l'échelle. D'ailleurs, ma vie ne me semble ni assez longue, ni assez importante pour que j'en consume la plus grande partie à niveler et à préparer le terrain sur lequel elle doit se passer. Ceux qui entassent de l'argent et des honneurs pour le temps où sans force, sans désirs, ils ne pourront plus en faire usage, me semblent des gens qui, n'ayant qu'une heure à dormir, passeraient cinquante minutes à se faire un lit bon et mou au lieu de dormir leur heure entière sur l'herbe ou sur la terre dure. Je laisse passer la vie, et je me laisse emporter par elle, et pour rien au monde, je ne consentirais à planter un arbre dont j'aurais l'ombre dans six ans; je préfère aller chercher l'ombre des grands arbres, ou rester au soleil.

— « Les arts; la littérature.

— « On pouvait être artiste ou écrivain, quand ces deux métiers, placés hors la loi et le droit des gens, faisaient de ceux qui s'y livraient des parias et des hommes maudits, parce qu'alors il fallait y être jeté comme malgré soi et par une véritable vocation.

« Mais aujourd'hui que tout le monde est artiste et écrivain, que les arts sont une spéculation, que tout le monde fait son livre, qu'un capitaliste fait marcher de front les constructions et les œuvres d'imagination; qu'il vous dit : « Mes affaires vont bien; mon pont suspendu sera livré à la circulation dans trois jours, et mon drame est en répétition.

« Mon hache-paille à vapeur et mon roman sont à peu près terminés.

« Je crois que mon métier à filer le lin paraîtra avant mes élégies.

« Je fais un chemin de fer pour le gouvernement, et un recueil de *chants d'amour* pour le libraire * * * *. »

« Il n'y a plus moyen de s'en mêler.

« Pour la peinture, on sait par cœur quelques mots : *touché vigoureusement,* qui n'a pas beaucoup de sens, *clair-obscur,* qui n'en a pas du tout, et on en farcit ses discours. On fait des taches noires à la place où on mettait une figure, et on se croit vigoureux ; on fait les bras trop longs, les jambes trop courtes, on se dit hardi ; on peint tout en jaune, et on prétend que c'est la couleur locale.

« En musique, on appelle la musique froide, nulle, insignifiante, *musique savante,* et on se pâme d'aise.

« On se crispe, on pleure, on crie sur des beautés de convention ; des musiciens même qui ont du talent s'amusent à faire des *difficultés* : ils jouent du violon *sur une*

seule corde , au lieu d'employer leur talent
à donner plus d'expression à leurs quatre
cordes, ou à en inventer une cinquième. Ils
font des difficultés de telle sorte, que la musique, au lieu de parler à l'âme en passant
par les oreilles, a besoin d'être vue et parle
aux yeux ; il faut s'étonner et admirer que le
musicien joue *sans balancier*, on a peur de
le voir tomber.

« Comme si les arts devaient étonner plus
qu'émouvoir.

« Je connais un homme qui possède une
corde basse dans la voix ; c'est un *contre-ut.*

« Toutes ses espérances d'avenir, de gloire,
de fortune, de bonheur, reposent sur ce *contre-
ut* ; il travaille sa note ; il passe des nuits
à la cultiver, à la perfectionner : dernièrement
il me disait : « Aujourd'hui, en marchant près
de ***, le célèbre chanteur, j'ai lancé mon
contre-ut, il s'est retourné surpris et la figure
altérée ; mon *contre-ut* est désespérant pour
ces gens-là. »

« Il est parti avec son *contre-ut* pour l'Italie ;
il va le perfectionner, et reviendra ici réaliser
ses espérances ; pour faire ce voyage, il a
emprunté trois mille florins, et il s'est fait

faire à crédit des habits par un tailleur ; pour
payer tout cela, il compte sur le produit de
sa note. Je gage que son *contre-ut* est grevé
de 10,000 florins d'hypothèques.

« D'autres sont à l'affût des idées ; n'en laissez
pas sortir une , n'en laissez passer ni la queue
ni l'oreille, ils vous la voleront. Le matin, ils
prennent un panier et vont à la provision ; ils
empruntent une idée à celui-ci , en volent la
moitié d'une à celui-là : rentrés chez eux , ils
font un salmis du tout. Ils font un ouvrage
comme *on fait* un mouchoir.

« Parlerai-je de l'homme qui, logé au quatrième étage, dans un cul-de-sac, écrit ses voyages, dit hardiment : *Nous cinglâmes vers...,*
nous fûmes battus par une violente tempête ,
et n'a jamais vu d'eau que dans le ruisseau ou
dans sa carafe, donnant pour raison que les
gens qui voyagent n'ont pas le temps d'écrire,
qu'il faut bien que les voyages soient racontés
par ceux qui ne voyagent pas , et que l'on est
d'autant plus apte à narrer des voyages que
l'on est plus sédentaire et plus casanier.

« Deux hommes , deux écrivains , hommes
de talent, *s'aimaient d'amour tendre ;* ils partageaient ensemble la bonne et la mauvaise

fortune, n'avaient qu'une chambre, qu'un habit et qu'une femme.

« Un jour, j'en rencontrai un, sombre, taciturne, le sourcil froncé, enveloppé dans son manteau.

« Qu'avez-vous ? lui dis-je.

— « Je cherche ***.

— « Pourquoi ?

— « Je veux le tuer, s'il ne consent pas à se battre avec moi; j'ai un poignard.

— « Que vous a-t-il fait ?

— « C'est un traître, un voleur, un infâme.

— « Ah !

— « C'est un homme vil et méprisable.

— « Ah ! ah !

— « Je vous prie de ne plus prononcer son nom devant moi.

— « Volontiers.

— « Et s'il a du cœur, je vais en débarrasser la terre. »

« Il me quitta brusquement. Le lendemain je rencontrai l'autre.

« Avez-vous vu *** ? me dit-il; ce drôle m'a volé ; je veux lui donner une correction, ne fût-ce que pour l'exemple. Ce scélérat, non content de me dépouiller, prétend que c'est moi qui lui ai pris ce qu'il m'a dérobé.

— « De quoi donc s'agit-il ?

— « Nous avons traduit de l'allemand.....

— « Est-ce que vous savez l'allemand ?

— « Non ; mais d'après une traduction.

« Nous avons traduit une expression belle, noble, énergique, telle que l'exige notre littérature *forte*. Cette expression est *existence d'homme*.

— « Eh bien ?

— « Eh bien, c'est moi qui ai trouvé le mot ; il prétend qu'il lui appartient ; nous nous en sommes servis chacun de notre côté, et il va aujourd'hui colporter l'expression comme sienne, disant à qui veut l'entendre que je m'en suis emparé *contrà jus et fas.* »

« Heureusement que tout se passa sans effusion de sang.

« Il y a encore des gens qui feignent d'avoir de l'enthousiasme, et à qui le bonheur et le malheur n'ont jamais pénétré sous la peau.

« Leur délire est un effort de mémoire ; ils récitent l'impression soudaine : un de ces hommes vint un jour chez moi, dans ma petite maison que j'ai près de la rivière, à trois lieues d'ici.

« Il me trouva couché sur l'herbe sous mes arbres.

« Il prit une chaise, me demanda s'il y avait des crapauds, et me raconta les plaisirs qu'il avait goûtés au spectacle et dans les cercles ; puis tout d'un coup il fit l'éloge de ma retraite ; les yeux levés au ciel, vous l'eussiez cru inspiré.

« Nullement : il commença par un exorde traduit de Virgile :

..... *Felices nimiùm sua si bona nõrint,*
Agricolæ......

puis continua par une imitation libre de Pétrarque, et termina en me disant : « Comprenez-vous comme moi les charmes que donnent *la paix des champs , le gazouillement des oiseaux* et l'ombre des arbres ?

— « Oui, repris-je ; et un peu mieux que vous, car je laisse de côté les plaisirs de la ville pour rester ici, tandis que vous logez dans le quartier le plus bruyant, et que vous allez chercher vos plaisirs dans les cercles et dans les théâtres.»

« Ce n'était rien. Il me demanda la permission d'amener un ami ; deux jours après, ils arrivèrent ; il conduisit son ami sous mes arbres, et tout semblable à ce que je l'avais vu, les yeux également levés au ciel, il improvisa de nouveau sa traduction.

« Ces gens, avec leur froid enthousiasme, m'ont dégoûté de la poésie ; ils ont pour moi sali la lune et les étoiles ; ils ont flétri l'herbe ; leurs caresses sont mortelles, ils font mourir tout ce qu'ils touchent.

— « Enfin, que voulez-vous faire ?

— « Regarder la vie comme spectateur, car elle n'a plus assez d'intérêt pour que j'y veuille jouer un rôle ; ce qu'il y a de plus beau en elle, ce qu'après de longs tourmens, de la fatigue de corps et d'esprit, et de l'intrigue, on n'est pas sûr d'atteindre, est encore bien pâle auprès de ce qu'avait créé mon imagination, et ne me donnerait qu'un amer découragement.

— « Tout cela m'explique bien votre indifférence pour la vie, ce que je ne blâmerais pas, si elle n'avait en même temps exposé la mienne, à laquelle je vous avoue que je tiens beaucoup ; mais je ne comprends pas aussi clairement cette gaîté qui vous jette dans des folies dont s'entretient toute la ville.

— « Ce qui alimente ma vie, ce sont les souvenirs ; mais si je m'y livrais entièrement, je mourrais desséché avant un mois, ou je ferais des folies dont la ville s'occuperait moins gaîment. »

En sortant de chez son hôte, Stephen rencontra Suzanne et Magdeleine.

Magdeleine était enceinte, et sa grossesse avancée se trahissait visiblement. Stephen les salua ; elles feignirent de ne l'avoir pas vu.

Pendant plusieurs jours, Stephen ne voulut voir personne ; il se frappait la tête contre les murailles, et prenait à peine la nourriture nécessaire pour ne pas mourir ; puis il alla passer quelque temps seul dans sa petite maison. Peu à peu l'impression s'effaça, et il se rejeta avec plus d'ardeur que jamais dans une vie de désordre et de dissipation qui ne lui laissait le temps ni de respirer, ni de regarder ce qu'il faisait.

XXIX.

Où l'auteur prend la parole. — Des Jardins. — De la Gloire. — Du Bonheur.

J'ai vu les diamans aux vives étincelles
Briller dans les cheveux d'une femme à l'œil noir,
Comme l'étoile bleue, au ciel sombre, le soir.

Et j'aime mieux les fleurs.... Les fleurs! qu'elles sont belles
    Quand, aux feux pourprés du matin,
Brillantes de rosée, elles ouvrent leur sein !

Plus que la pourpre et l'or où le prince s'asseoie
J'aime un long gazon vert qui s'étend, se déploie,
Et semble, sous le vent, rouler comme des flots.

. . . .

Il y a trois choses qui démangent notre plume, et dont il faut que nous disions quelques mots.

1°. Il est assez bizarre de remarquer l'influence de la civilisation sur les jardins.

Nous ne pouvons sans une pénible sensation voir des fleurs tristement renfermées dans une chambre, loin du soleil et de ses caresses fécondes; il semble voir de pauvres filles cloîtrées qui pâlissent et s'éteignent quand arrive l'âge de l'amour, rongées par les désirs, et la nuit donnant des baisers non rendus au crucifix, au christ d'ivoire, leur époux impuissant, à leur oreiller mouillé de leurs larmes brûlantes.

Pauvres fleurs! le soleil se lève précédé d'un long reflet de pourpre, et elles ne s'épanouissent pas sous son premier baiser; le vent souffle au dehors, mais il ne fait pas tressaillir leurs feuilles; les abeilles bourdonnent contre les vitres, mais elles ne peuvent venir se rouler dans le calice des fleurs et dans la poussière féconde des étamines.

Nous aussi, nous avons, il faut l'avouer, des fleurs dans notre chambre; aujourd'hui encore on nous a apporté de beaux rosiers; demain ils auront perdu un peu de leur éclat et de leur fraîcheur, car la douce rosée ne viendra pas les rafraîchir; ce jardin dans notre chambre est un hôpital où les fleurs viennent pour être malades et mourir.

Une fleur seule n'est plus une fleur, il faut qu'elle se balance et nage dans un air pur, qu'elle ait le ciel au-dessus d'elle, et que ses racines ne soient pas emprisonnées dans un pot étroit.

S'il nous faut nous accuser d'avoir un jardin dans notre chambre, qu'il nous soit au moins permis de donner nos raisons, si toutefois une pareille faiblesse est excusable.

Habitué au grand air, au soleil, à l'herbe sous les pieds, nous sommes à la ville comme un pauvre exilé; et pour le proscrit, il y a du plaisir à revoir une image, quelque imparfaite qu'elle soit, de la patrie.

Ces fleurs dégénérées et moribondes sont pour nous comme le portrait d'une amie absente; tout le monde sait qu'un portrait peut ressembler par hasard à quelqu'un, mais jamais à celui qui a servi de modèle. Eh bien, quelque peu ressemblant que soit le portrait d'une maîtresse, ne lui parle-t-on pas, ne le baise-t-on pas; ne croit-on pas voir ses yeux regarder plus tendrement?

Il en est de même de ces fleurs pâles : notre imagination leur rend l'air et le soleil.

Mais à quoi nous n'avons pas d'excuse, c'est qu'elles souffrent et qu'elles meurent.

Au moins n'avons-nous pas à nous accuser d'avoir un jardin sur notre fenêtre, jardin arrosé par l'eau de savon à la rose, dont on s'est lavé les mains ; jardin qui a plus d'air mais pas plus de soleil que le jardin dans la chambre, et par conséquent produit des plantes maigres, étiolées, et comme pulmoniques. C'est sur les fenêtres que l'on voit une prairie dans une assiette, des arbres à fruit dans un saladier, et des arbres de haute futaie dans une marmite.

Comme tout à l'heure nous nous mettions à la fenêtre pour fumer et nous distraire, nous avons vu une voisine arrosant avec une cuiller à pot deux sapins qui sont sur sa croisée. Le sapin est un bois de construction ; on en fait des solives et des mâts de vaisseaux de ligne. Pendant la chaleur du jour, elle rentre ses sapins et les met sur la cheminée, entre la pendule et les flambeaux, *sous verre*.

Un voisin a imaginé de s'approprier la cuvette de la gouttière, d'y mettre de la terre, et d'y planter *des pensées* et *des marguerites roses* ; il a bouché le conduit pour empêcher l'eau des étages supérieurs d'inonder son jardin, ce qui cependant arrive quelquefois, et alors il injurie les coupables par la fenêtre, et les appelle scélérats.

Dans certaines rues désertes et en province les jardins sur les fenêtres ont encore plus d'importance ; c'est là que règnent la capucine, le haricot d'Espagne à fleurs rouges, et surtout le cobæa.

Le cobæa a une grande influence sur les relations de voisinage.

Deux voisins, chacun d'un côté de la rue, plantent des cobæas ; celui dont la fenêtre est exposée au sud ou à l'est, voit les siens croître bien plus rapidement que ceux du voisin. Quand ils ont dépassé *les tuteurs*, le voisin du sud *s'habille* et va faire une visite au voisin du nord. Dans cette première visite on ne parle de rien, c'est-à-dire on s'entretient du temps, de M. le maire ; on dit que *le commerce va mal*.

C'est un sujet de conversation qui ne manque pas plus que le temps, car du plus loin que nous nous souvenions, on disait que le

II.   10

commerce *allait mal*, et nous sommes véhémentement tenté de croire que le commerce
n'a jamais *bien été*.

Le voisin du nord rend la visite : on se livre
un peu plus ; on dit du mal des autres voisins ;
on parle de ses enfans, de la manière de faire
les cornichons et de leur donner une belle
couleur verte ; et de ce que l'on ferait si l'on
était à la place des ministres et du gouvernement.

Le voisin du sud fait une deuxième visite,
et là on aborde la question : il s'agit des
cobæas ; de tendre, à frais communs, une
ficelle d'une fenêtre à l'autre, pour qu'ils se
rejoignent et fassent un arceau. Le voisin
du sud fait les avances de la ficelle, et quand
le voisin du nord rend la deuxième visite, il
amène naturellement la conversation sur la
ficelle.

Par exemple :

On n'est pas dupe des ministres, ils laissent
voir *la ficelle*. A propos de ficelle, croiriez-
vous que l'épicier a eu l'infamie de me vendre
trente sous la ficelle pour nos cobæas. Le
voisin du nord s'exécute, et paie ses quinze
sous.

Et les cobæas se croisent et s'entrelacent au grand orgueil des deux voisins jusqu'au jour où une charrette de paille un peu haut char- gée rompt et entraîne la ficelle et les cobæas, et les voisins se plaignent du gouvernement.

Il ne nous reste à parler que d'une sorte de jardin, c'est le jardin à fresque, la végétation à la brosse.

Dans la rue Pigale ou dans la rue Blanche, un propriétaire a cru ne pouvoir mieux termi- ner une terrasse que par un jardin, et il a fait peindre des arbres sur le mur par un peintre en bâtiment.

Malheureusement ce feuillage de moellons a besoin deux fois par an d'une nouvelle cou- che de couleur, car la pluie le fait déteindre, décompose la couleur, enlève le jaune, et laisse une feuillée bleu de ciel.

Nous ne parlerons pas des bouquets coupés et arrangés en cocarde.

Mais nous ne pouvons nous empêcher de dire deux mots des campagnes qui entourent Paris.

Le dimanche, *le Parisien* fait une sortie, et comme un conquérant, marche sur les légumes, coupe les arbres à fruit pour *faire des cannes*, court les champs en habit noir et en robe de soie, et va chercher la solitude dans les lieux où l'on trouve *une société choisie*.

Il fait trois lieues pour entrer dans un cabaret, et, au milieu des casseroles et de l'odeur des ragoûts, s'écrier : Comment peut-on vivre dans les villes? ce n'est qu'à la campagne que l'on respire un air pur!

Il danse dans un salon de cent cinquante couverts, et le soir revient *de la campagne* sans avoir vu le ciel ni senti le vent dans ses cheveux.

2°. Pour ce qui est de la gloire de notre temps, on ne croit plus à la postérité ; on ne veut pas de la gloire posthume, et l'on escompte volontiers l'avenir. En France, où nous écrivons ceci, il y a environ trente-deux millions d'habitans, accordons-leur quatre-vingts ans d'existence.

S'ils occupent l'attention publique chacun pendant un temps égal, c'est-à-dire si la gloire est équitablement partagée entre eux, ils auront chacun une minute et un tiers de

minute en toute leur vie à être l'objet de l'attention générale, à rester à la surface comme
les grains dans le van.

Or, peu se contentent de cette petite part,
et il n'est sorte de ruses que l'on n'imagine
pour dérober et s'approprier la part des autres;
et beaucoup se trouvent déshérités. Admettez
en effet qu'un homme attire sur lui l'attention
générale pendant huit jours, il se trouve que
à peu près six mille cinq cents hommes sont
dépouillés de leur part de gloire, et que l'on
ne parlera jamais d'eux.

Aussi on se tire cette gloire de tous côtés;
on tâche d'en arracher au moins un lambeau,
et beaucoup y laissent leurs ongles.

On se résigne à être ridicule pour être en
vue; tel littérateur s'illustre par une saleté
proverbiale, et porte un habit qui n'est jamais
battu que lorsque son impertinence lui attire
des coups de bâton.

Plus d'un portent envie au criminel que l'on
marque ou que l'on guillotine, car il usurpe
une part immense de l'attention publique.

3°. Nous voici à parler du bonheur.

On se plaint de toutes parts que le bonheur
est difficile à atteindre.

Cependant il y a tant de choses dont beaucoup de gens font leur félicité, que dans le nombre on doit en trouver quelqu'une à sa taille.

Nous non plus, nous ne croyons pas au bonheur sans nuages : peut-être ne peut-il exister autrement; peut-être le bonheur n'est-il qu'un contraste, mais il y a une foule de petits bonheurs qui suffisent pour parfumer la vie.

Les savans ont beaucoup de ces petits bonheurs.

Certes le rabbin qui, après plusieurs années de recherchés dans les livres saints et dans les ouvrages des anciens auteurs, est parvenu à découvrir que le buisson dans lequel Dieu parla à Moïse est l'aubépine, dut se trouver fort heureux pendant plus de vingt minutes.

Non moins que celui qui démontra que les Tables de la loi que Dieu donna sur le mont Sinaï étaient faites de saphir.

Une femme peut être fort heureuse de l'effet d'une robe ou d'un nœud de ruban.

Un homme, de trois parties gagnées aux échecs ou aux dominos, sur un joueur reconnu fort.

Pour tous ces bonheurs-là, nous ne donnerions pas la branche de chèvrefeuille qui est sur notre table en ce moment.

D'aucuns aiment à regarder couler l'eau ou à pêcher à la ligne.

Ce sont deux bonheurs méprisés généralement, et quelque peu tombés dans la dérision, aussi nous voulons les réhabiliter.

Nous sommes véhémentement tenté de réunir ces deux bonheurs en un, parce que pour nous le résultat a toujours été le même, et que, pour notre part, rien ne nous prouve qu'il y ait des poissons dans la rivière.

Mais, selon les pêcheurs émérites, il y a un plaisir particulier, et que nous comprenons, à suivre des yeux la plume qui flotte sur l'eau, à sentir sa respiration s'arrêter à la première secousse que lui donne le poisson ; les secousses deviennent plus fortes, et à leur nature, à la manière dont la plume est entraînée horizontalement ou perpendiculairement, d'un trait ou par saccades, on peut deviner quel est le poisson qui *mord;* on tire la ligne, et la résistance se communique jusqu'à la main, et l'on amène le poisson se débattant et frétillant : c'est une victoire.

Pour nous, dans un séjour que nous fîmes sur les bords de la Marne il y a quelques années, nous examinâmes sérieusement lequel paraîtrait le moins ridicule aux yeux du public de pêcher à la ligne, ou de regarder couler l'eau;

Car nous tenons singulièrement à ce petit bonheur.

Nous nous décidâmes pour la pêche à la ligne; et le matin, dès que le jour pénétrait à travers nos vitres sans rideaux, nous nous mettions en route avec trois grandes gaules de coudrier sur le dos, et nous suivions le cours de la Marne, jusqu'à ce qu'il se présentât à nous un endroit convenable.

Un petit coin surtout avait pour nous des charmes particuliers. Il fallait, pour y parvenir, quitter la blouse et le pantalon de toile, et traverser la rivière en nageant, puis grimper péniblement à l'aide des racines et des branches pendantes. On arrivait la blouse et le pantalon toujours un peu mouillés, mais on était sous des saules épais, dans une petite île escarpée, verte comme une émeraude, sur un beau gazon tout semé de wergiss - mein - nicht et de grandes cloches blanches doucement odorantes qui s'entortillaient après les joncs.

Là nous tendions nos lignes et nous relisions quelques lettres bien chères, puis une douce rêverie s'emparait de nous, et les yeux fixés sur l'eau qui coulait en murmurant, penchant les joncs et les wergiss-mein-nicht, nous laissions danser notre imagination et nos idées vaguement dessinées au murmure de l'eau, au frissonnement des feuilles, harmonieuse et céleste musique, jusqu'au moment où le soleil disparaissait derrière les saules.

Il faut dire aussi que c'était un lieu enchanté ; sur l'autre rive, la vue était bornée par de vieux saules, et plus près de l'eau par des buissons d'aubépine, et par-dessus l'aubépine s'élevaient de belles vignes sauvages dont les pampres rouges retombaient jusques dans l'eau : on ne voyait rien, on ne soupçonnait rien au-delà ; seulement, de temps en temps, un martin-pêcheur au plumage vert et bleu et fauve s'élançait de sa retraite de verdure, et, déployant ses brillantes ailes, rasait l'eau, rapide comme le vent, et disparaissait dans les joncs.

C'était bien beau, avec le silence, l'oubli

de la ville, et d'heure en heure le son lointain
de l'horloge, et les abeilles qui bourdonnaient
dans les fleurs, et un parfum d'eau et de verdure, et un air pur dont s'emplissaient les poumons avides.

Et plus que tout cela, de belles illusions,
de naïves croyances, et un espoir mort depuis. Adonc quand le soleil ne lançait plus
que de faibles et obliques rayons à travers le
feuillage étroit des saules, nous relevions les
lignes, auxquelles il n'y avait pas de poissons,
nous retraversions la rivière, et les gaules sur
le dos nous rentrions allègre et plein de bonnes et fraîches pensées.

XXX.

« J'ai fait l'affaire pour cent florins, » dit Stephen à Schmidt ;

Car Schmidt, le cousin de Magdeleine, faisait, depuis peu, partie des jeunes gens qu'il voyait.

« Et, ajouta Stephen, il va se trouver dans un bizarre embarras. »

Il s'agissait d'un étranger, d'un marquis Melchior, arrivé de France depuis peu de temps. Stephen et ses amis en flattant sa vanité, en donnant des alimens à sa crédulité, avaient fini par en faire une sorte de Pourceaugnac.

Il ne savait pas un mot d'allemand, et un domestique qu'il avait amené avec lui lui servait de truchement.

Moyennant cent florins donnés par Stephen au truchement, voici ce qui arriva.

Quand le marquis eut mis ses diamans à ses doigts et à sa chemise, Henreich, après lui avoir donné ses gants et son chapeau, lui dit : « Monsieur, je suis désolé de ce que j'ai à vous dire, mais à moins de trois florins par jour en sus de mes gages, je ne prononce plus un seul adverbe. »

Le marquis demanda des explications ; Henreich répéta ce qu'il avait dit. Le marquis, furieux, lui dit : « Fais comme tu voudras, mais tu n'auras pas les trois florins. »

Ils sortirent, et le pauvre homme fut malheureux toute la soirée. On l'attendait pour dîner ; tout le monde mourait de faim.

« Je suis venu vite, » dit le marquis.

« Je suis venu, » traduisit Henreich.

« Nous le voyons bien, » répondit-on ; et l'on trouva assez singulière la réponse de l'étranger.

Pendant le dîner quelqu'un s'avisa de lui demander quand il se présenterait à la résidence.

« Bientôt, » dit le marquis.

Henreich garda le silence.

Le marquis lui fit signe de traduire aux convives ce qu'il avait dit. — « Moyennant trois florins, dit Henreich en français. — Trois cordes pour te pendre, dit le marquis.

« La réponse de M. le marquis, dit Henreich, est telle que je ne puis la traduire. » Et les femmes, dans l'incertitude, se mirent à rougir et à baisser les yeux.

« Aimez-vous le vin de Champagne ?

— « Beaucoup, » dit le marquis.

Henreich se tourna vers le marquis : « Je ne puis prononcer ce mot à moins des trois florins demandés.

— « Que le verre de vin que je vais boire m'étrangle, si je les donne !

— « M. le marquis, traduisit Henreich, dit qu'un seul verre de ce vin l'étranglerait. »

On versa du vin de Champagne à la ronde sans en offrir au marquis.

Quand il fut rentré avec son domestique, il voulut le jeter par la fenêtre ; mais Henreich lui fit observer que dans la petite ville où ils se trouvaient, il n'y avait pas trois personnes qui comprissent le français.

Le lendemain matin, comme Henreich semblait soucieux : « Qu'as-tu ? » dit son maître.

— « Je suis pris d'un profond dégoût pour les substantifs, et à moins que je n'y trouve un grand avantage, je ne pourrai me décider à en prononcer un seul.

— « J'ai vécu hier sans adverbes, dit le marquis ; aujourd'hui je vivrai sans substantifs, sauf à te rompre les os sitôt que je pourrai me passer de toi. »

Le pauvre marquis fut complétement inintelligible, jusqu'au moment où il plut à Stephen de faire cesser la mystification ; de quoi il se fit honneur, et par ce moyen entra fort avant dans les amitiés du marquis.

XXXI.

Un matin que Stephen s'était battu et avait reçu un coup d'épée parce qu'un homme avait regardé Clara, quelques uns de ses compagnons parlaient devant son lit de cette fille et de l'amour de Stephen pour elle.

« Il faut qu'il l'aime, dit Schmidt ; voilà deux fois qu'il risque sa vie pour elle.

— « Elle est belle ! dit un autre, et j'en suis quasiment amoureux, mais je ne veux pas l'acheter au même prix.

— « Je te la donne, dit Stephen, que l'on croyait endormi.

— « Vrai !

— « Vrai.

— « Tu ne l'aimes donc pas ?

— « Non. Je te donnerai une lettre dans laquelle je lui annoncerai que je l'ai donnée à toi, et par dépit, et dans l'espoir de me chagriner, elle me prendra au mot.

— « Je comprends, dit Schmidt ; c'est que tu lui préfères Fanny, que tu as depuis deux jours seulement.

— « Non ; car je te joue Fanny à pair ou impair, ou aux dés. »

XXXII.

Dans un coin d'un salon, Stephen seul avait les yeux tournés vers la porte, et chaque fois que l'on annonçait quelqu'un un sourire invo-lontaire se dessinait sur sa figure.

C'était chez la tante de Magdeleine ; cette dame ne recevait que des personnes graves, et sa maison n'aurait offert que peu d'intérêt aux jeunes gens : depuis la mort de son frère, on ne dansait plus chez elle.

Edward entra.

Stephen pâlit.

Edward salua tout le monde, et feignit de ne pas le voir. « Ma tante, dit-il, ma femme n'a pu se rendre à votre invitation ; notre fils souffre beaucoup de ses premières dents, et elle ne veut pas perdre un de ses cris ni une de ses douleurs. »

Ces mots, *notre fils*, retombèrent comme du plomb sur le cœur de Stephen ; il sortit brusquement, oubliant ce qu'il attendait en souriant quelques instans auparavant.

Comme dans le salon quelques uns jouaient au wisth, d'autres, et c'était le plus grand nombre, causaient politique, un laquais étouffant avec son mouchoir un rire convulsif, annonça : Monsieur le marquis Melchior.

Et à la vue du marquis, les femmes jetèrent d'horribles cris, et se cachèrent la tête dans les mains ; et des hommes, quelques uns étonnés, étourdis, se regardaient entre eux, s'interrogeant des yeux ; les autres se prirent à rire à se rouler par terre.

Le marquis, sur l'assurance que lui avait donnée Stephen, que cette soirée était un bal masqué, avait imaginé de se costumer en amour ; il était tout vêtu de couleur de chair, avait de petites ailes bleues et un carquois sur le dos, et un arc à la main.

XXXIII.

Où l'on retrouve Magdeleine.

Dans une chambre richement meublée et bien chaude, Edward était à demi couché sur un canapé, parcourant nonchalamment les gazettes ; Magdeleine avait posé son livre sur la cheminée et regardait un tout petit enfant qui se roulait à terre sur un tapis.

Le temps était sombre et rendait tout triste et lugubre au dehors et au dedans.

Suzanne entra avec son mari.

« Soyez les bien-venus, dit Edward; nous sommes ennuyés et ennuyeux au dernier point. Avez-vous des nouvelles? je gage que Suzanne a quelque bonne histoire.

— « Non, dit Suzanne.

— « Racontez toujours; nous avons l'esprit tellement vide que nous ne serons pas difficiles.

— « Sans votre ami Stephen, dit Suzanne, on ne saurait de quoi parler en cette ville; mais il a soin d'entretenir la chronique.

— « Je vous arrête, dit Edward; M. Stephen n'est pas mon ami, il a été mon camarade d'enfance; c'est un rêveur triste, un fou ennuyeux, et au fond un garçon assez nul.

— « On lui dit de l'esprit, répliqua Suzanne; il est loin de passer pour triste; qu'il soit fou je vous l'accorde, et tout le monde sera de votre avis, mais c'est une folie gaie et insoucieuse.

« Il a trouvé on ne sait où un marquis Melchior; il en a fait un jouet dont il se sert assez adroitement; il a pris un tel ascendant sur l'esprit du pauvre homme, que malgré les mauvais tours qu'il ne cesse de lui jouer, le

marquis mourrait de chagrin et d'ennui s'il
était une journée sans le voir, d'autant que
Stephen sait à peu près le français, et que lui
ne parle pas un mot d'allemand.

« Il y a quelques jours, le marquis vint confier à Stephen qu'il était amoureux d'une
danseuse. « Il m'est venu une idée, ajouta-
t-il : c'est de lui envoyer des vers ; comme je
ne sais pas l'allemand, il faut que vous ayez
la complaisance de me les faire traduire. »

« Stephen y consentit, et lui donna les vers
traduits en allemand, et arrangés.

« Je les porterai demain, dit le marquis.

« Dès le soir, Stephen alla trouver la danseuse, lui fit des complimens, et lui glissa les
vers.

« La danseuse les lut, et les trouva *très jolis;*

« Comme il est d'ordinaire qu'une danseuse
trouve les vers d'un homme fort riche, comme
il est d'ordinaire qu'une femme trouve les
vers faits pour elle.

« Le lendemain se présenta Melchior avec
un superbe bouquet ; il fit quelques complimens et récita ses vers. Au premier, la danseuse fut surprise ; au second, elle tira de
son sein le papier de Stephen et se mit à sui-

vre, lisant chaque vers à mesure que le
marquis le prononçait ; à moitié du papier,
elle ne put contenir une véhémente envie de
rire : le héros se fâcha ; elle se fâcha plus
fort, lui reprochant d'avoir volé les vers d'un
autre, et de venir les lui réciter comme siens ;
il jura qu'il avait fait les vers ; elle rit plus
fort ; il s'emporta : elle le fit mettre à la porte.

« Depuis ce temps la danseuse a été la maîtresse de Stephen jusqu'à hier matin, où il a
jugé à propos de lui donner un rendez-vous
dans un endroit où l'attendaient trois autres
femmes, et lui-même de ne pas s'y rendre :
toutes quatre se sont réunies, ont causé, une
explication est arrivée, et ensuite une brouille
à tout jamais.

« Il est bien prodigieux, continua Suzanne,
que les hommes changent aussi vite et aussi
complétement ; il y a un an, il portait partout
l'air d'un poète élégiaque ; vous l'eussiez
pris pour un fossoyeur habitué à demeurer
avec les morts et à jouer avec leurs os. »

XXXIV.

Sous les Tilleuls.

STEPHEN et plusieurs de ses compagnons devaient déjeuner ensemble ; on avait persuadé au marquis que l'on faisait un pique-nique, que l'on aurait des dames, et qu'il eût à se montrer galant et somptueux ; c'était simplement un moyen de lui faire donner à déjeuner à douze ou quinze personnes. En effet, il se piqua de vanité et arriva avec une voiture chargée ; personne n'avait rien apporté, mais la part du marquis suffisait et au-delà.

Comme on allait se mettre à table, on cherchait partout Stephen : on attendit ; puis on envoya chez lui. Il venait de partir à cheval, n'avait pas emmené de domestique, ni dit quand il rentrerait ; on se mit à table sans lui.

En vain Stephen se livrait à tous les plaisirs, se jetait dans toutes les folies, dans toutes les extravagances ; au milieu de ses écarts de gaîté, son cœur n'avait pas cessé un instant d'être cruellement rongé par ses souvenirs et par ses regrets.

Partout dans les plus somptueuses orgies, dans les bras des femmes les plus séduisantes, partout un dégoût amer venait le poursuivre.

Car ce n'était pas là le bonheur qu'il avait rêvé, auquel il avait sacrifié sa jeunesse si pleine de séve et d'énergie.

Tous ces plaisirs étaient pour lui horriblement creux ; la vie lui paraissait longue, et chaque soir il ne savait que faire du jour qui allait venir : l'ennui, l'affreux ennui qui fait dé-

sirer la tristesse ; l'ennui, qui met sur le crâne
un lourd bonnet de plomb, qui émousse les
sens et rend inapte à aucune impression,
s'emparait de lui au milieu de ses plaisirs les
plus vifs ; souvent il pensait à se tuer, et il
l'aurait fait si cette effroyable situation laissait assez d'énergie pour prendre une résolution.

La nuit qui précéda le déjeuner il avait
fait un songe.

Il avait rêvé qu'il était assis dans un coin
d'un salon, et que, au son des violons et
des flûtes, il regardait danser et rigoler les
jeunes filles.

Un valet traversa le salon avec précipitation
et lui remit une lettre ; il la lut et s'élança
vers la porte, renversa d'un coup de coude
le plateau sur lequel on portait des rafraî-
chissemens, et embarrassa son pied dans les
jambes d'une jeune fille, qui roula avec le
plateau dans l'orgeat et le sirop de vinaigre.

Il monta dans une voiture ; la voiture allait
lentement ; plus il pressait le cocher, plus il
allait lentement.

La lettre disait : « Je vais mourir ; le médecin m'a condamnée ; demain je serai morte.

Vous avez gardé une de mes lettres ; rapportez-la-moi ; il me semble que cette lettre fait une tache sur la robe blanche avec laquelle je dois paraître devant Dieu.

« MAGDELEINE. »

La voiture le conduisit chez lui ; il prit la lettre, et se fit conduire chez Magdeleine ; le cocher se trompa de route ; Stephen sortit de la voiture et le battit ; une patrouille voulut l'arrêter ; après une longue résistance, il s'échappa avec un coup de baïonnette dans le bras.

Comme il courait, il fut arrêté par un coup de fouet dans la figure ; c'était le cocher qui lui demandait de l'argent ; il fouilla dans ses poches ; il avait perdu sa bourse ; il donna au cocher un coup de pied dans le ventre.

Enfin, il arriva en courant ; toutes les horloges des églises sur la route sonnaient minuit ; les cloches avaient l'air de rire de lui. Le portier refusa d'ouvrir ; il fit un bruit affreux ; le portier sortit et lui donna un coup de bâton sur la tête.

Stephen tomba par terre ; des passans le firent transporter chez lui ; on le coucha :

comme il sommeillait, une voix lui dit à l'o-
reille.

« Vous n'êtes pas venu m'apporter ma lettre, je viens la chercher. »

Voilà ce qu'il rêva.

Alors à cette voix il se réveilla en sursaut :
il n'y avait personne auprès de lui ; il était
baigné dans la sueur.

Tout d'un coup il entendit feuilleter des
papiers ; il frissonna de tout le corps, s'enfonça
les ongles dans la chair pour s'assurer qu'il
ne dormait pas : il était bien éveillé ; mais il
avait une fièvre horrible ; il ne pouvait distinguer ce qu'il avait vu dans son rêve de ce
qu'il entendait, il ne savait où finissait ni
où commençait le songe.

Et d'ailleurs il entendait toujours feuilleter
les papiers.

« Ma chambre est fermée ; un être vivant
n'y peut entrer... Si elle est ici, c'est qu'elle
est morte... c'est son âme. »

Ses cheveux lui faisaient mal sur la tête.

Et toujours on feuilletait les papiers.

Il prit un couteau à son chevet, se leva
d'un bond, et d'un coup de poing ouvrit un
volet et une fenêtre ; un rayon bleuâtre entra

et lui montra tombant sous son bureau les plis d'une longue robe blanche comme un linceuil.

Et il entendait toujours feuilleter les papiers.

Alors il sauta par la fenêtre, tomba sur l'herbe humide et froide et s'évanouit, mais bientôt le froid le fit revenir à lui.

La fenêtre était basse, il n'était pas blessé; le jour commençait à poindre; il rentra dans sa chambre, il courut à son bureau, et retrouva la lettre de Magdeleine, qu'il avait conservée.

Il vit sa robe de chambre sur son fauteuil, et des poissons dans un vase, et nageant sur le sable, faisaient encore entendre le bruit de papiers que l'on feuillette.

Il sonna un domestique, et lui ordonna d'aller chez Edward savoir des nouvelles de sa femme, puis il changea d'idée, et y alla lui-même, mais toutes les portes étaient fermées; il se promena long-temps dans la rue, la porte s'ouvrit, il demanda au portier si tout le monde se portait bien chez Edward. — Parfaitement bien; et l'on prépare les chevaux, car ils vont déjeuner en ville.

Stephen s'en alla; il était blessé de la voir tranquille et dans sa vie ordinaire, tandis qu'il avait tant souffert à cause d'elle toute la nuit.

Elle, elle a dormi calme; ses songes ont été agréables, et ne lui ont parlé que des plaisirs du lendemain; je n'y ai aucune place, moi, malheureux, qui ai usé pour elle mes plus belles années, et décoloré tout le reste de ma vie.

Puis il pensa que le sommeil de Magdeleine n'avait été interrompu que par les caresses d'Edward; il frappa du pied et éclaboussa un officier qui passait.

Il se plaignit en jurant; Stephen était de mauvaise humeur, et lui répondit brusquement; ils allèrent chercher des épées et se battirent. Stephen donna un coup d'épée à son adversaire, et lui demanda pardon de sa brusquerie.

La matinée était un peu avancée, et d'ailleurs il n'eût pu, dans la situation d'esprit où il se trouvait, aller se mêler à une orgie: il monta à cheval et partit revoir la maison de M. Müller.

Elle était déserte depuis la mort de son

propriétaire ; dans la cour, l'herbe avait crû entre les pavés.

Le jardinier seul l'habitait.

« Une belle bête, dit-il, en caressant de la main le cheval gris de Stephen, et en lui arrangeant la crinière ; vous rappelez-vous, monsieur Stephen, quand vous êtes parti d'ici un matin, que j'ai porté votre malle sur mon bidet ; je l'ai vendu, le pauvre animal, car il n'y a pas grand'chose à faire ici ; M. Edward et sa femme n'y viennent jamais. »

Stephen croyait revivre au jour où il partit le matin si pauvre d'argent, si riche de courage, de force et d'espoir ; si riche de son amour et de celui de Magdeleine.

Il monta au jardin, le jardinier le suivit.

Les tilleuls étaient nus ainsi que les chèvre-feuilles, l'aubépine était couverte de baies rouges comme des grains de corail, et à leur approche une foule d'oiseaux qui les becquetaient s'envolèrent en criant.

Il regarda tout, reconnut tout ; les deux lettres sur l'écorce du vieux tilleul ; le banc de verdure.

« Je prends soin du jardin de M. Müller, dit le jardinier ; et si vous venez au printemps,

vous verrez qu'il n'a jamais été plus beau ;
le pauvre cher brave homme, s'il revenait,
je suis sûr qu'il serait content ; c'était là un
bon maître. Pour M. Edward, dont je ne
veux pas dire de mal, il n'est pas capable de
distinguer une tulipe d'une renoncule, et il
est bien brusque avec les domestiques. »

Il faisait très froid.

Stephen remonta à cheval, après avoir
donné de l'argent au jardinier ; puis il partit.

Mais comme il retournait la tête pour voir
encore une fois la maison, son cheval eut
peur, se cabra ; Stephen, surpris, voulut se
retenir à la bride ; le cheval se cabra davantage
et roula par terre avec son cavalier.

Le jardinier, qui le regardait partir, accourut. Stephen était relevé ; mais un de ses
bras et une de ses jambes étaient très meur-
tris.

Il rentra chez le jardinier, et l'on alla chercher un chirurgien pour le saigner : cet accident le retint deux jours dans la maison
de M. Müller ; il coucha dans la petite chambre qu'il y avait occupée autrefois.

XXXV.

PENDANT ces deux jours, une révolution se
fit dans l'esprit de Stephen ; il regarda la vie
qu'il menait et la trouva tellement vide qu'il
en fut effrayé.

Il vit que Magdeleine avait gardé son âme,
et que son corps seul et ses sens lui restaient ;
il comprit que la seconde moitié de la vie
n'est que la conséquence de la première
moitié ;

Qu'il fallait bien récolter ce qu'il avait semé ;

Qu'un amour violent comme celui qu'il avait éprouvé ne se dépouille pas avec les vieux habits ; qu'il est comme une liqueur corrosive qui ne teint pas seulement l'écorce du bois, mais pénètre jusqu'à la moelle, et la colore ;

Et qu'il fallait livrer le reste de sa vie à l'amour qui en avait pris le commencement, quelques souffrances qu'il eût à endurer ; car ce n'était pas une résolution volontaire : il était comme un malheureux qui, laissant prendre dans la meule d'un moulin à eau le bout de son vêtement, y passe tout entier et est broyé, bras, corps et tête, sans qu'aucune force le puisse sauver.

« Eh bien, dit-il, je cède ; je suis à elle corps et âme ; à elle, mon passé et mon avenir ; à elle, ma vie de ce monde, et encore une autre vie, s'il y en a une après celle ci ; à elle, mes pensées, mon souffle, mes regards ; à elle, moi tout entier.

« Mais elle sera à moi.

« Magdeleine sera à moi, et je me vengerai d'Edward ;

« Car la vengeance est une chose douce au cœur, et plus juste qu'aucune autre.

« Il n'y a pas d'autre droit ni d'autre justice que la force ; le plus fort a raison : je serai le plus fort.

« Foulé aux pieds, méprisé, j'ai vu froisser tout ce qu'il y avait en moi de naïf, de bon, d'honnête et de grand ; et le bonheur est pour ceux qui sont méchans, perfides et petits : je l'aurai aussi le bonheur, je serai méchant et perfide.

« Magdeleine sera à moi.

« Je me vengerai d'Edward.

« J'en jure par tout ce qui m'entoure, par le ciel et la terre, par mon corps et mon âme, par mon amour pour Magdeleine.

« Oui, Magdeleine sera à moi », répéta-t-il.

Il s'arrêta comme en proie à une pensée soudaine, ses yeux brillèrent comme des charbons ardens, et il répéta : « Oui, elle sera à moi. . . . . et. . . . . »

Il finit sa phrase par un ricanement infernal.

XXXVI.

STEPHEN, de retour à la ville, fit quérir les
meilleurs tailleurs.

XXXVII.

Des Habits.

Beaucoup ont, de notre temps, et précédemment, et de tout temps, déclamé contre les habits, et ont paraphrasé de toutes les manières « *l'habit ne fait pas l'homme.* »

Nous-même, de notre côté, il y a eu un moment de notre vie où nous ne pouvions voir qu'avec la plus vive indignation la pré-

férence que de prime abord on accordait ou
paraissait accorder à un homme *bien mis*, sur
nous qui l'étions assez mal, pour deux causes:
la première c'est que, fils fugitif, nous étions
trop pauvre pour qu'on pût nous appeler
enfant prodigue ; la seconde, c'est que, plein
d'illusions que nous regrettons, parce qu'elles
étaient grandes et belles, plus mille fois que
la vérité, nous professions un souverain mépris pour tout ce qui ne venait pas de l'âme.

Ce mépris pour la beauté extérieure était
une sottise: il est évident qu'elle produit une
forte attraction, et que pour un chien, pour
un cheval, pour une femme, pour un homme,
nous nous sentons comme entraînés à un accueil plus affectueux par leur beauté.

Nous ne voyons pas pourquoi dans la vie
et dans les relations sociales on ne prendrait
pas sa part de ce qu'il peut y avoir d'avan-
tageux et de propre à les rendre plus agréables ; pourquoi on ne ferait pas tous ses efforts pour acquérir sur les autres cette puissance d'attraction que quelques uns ont sur
nous ; on ne peut nier non plus que la parure n'ajoute à la beauté.

Nous n'entendons pas par là des cravates

roides de telle sorte qu'un homme qui arriverait de la lune penserait que ceux qui les portent sont des criminels condamnés à un long supplice ;

Nous ne faisons pas non plus l'éloge du costume de notre temps, qui se prétend *artiste*;

Nous entendons par la parure l'emploi de certaines couleurs et de certaines formes qui dessinent plus avantageusement le corps.

Une fois accordé que la parure ajoute à la beauté, la cause des habits est gagnée; nous avons naturellement une sorte de reconnaissance pour l'homme qui nous offre un aspect agréable à reposer les yeux, tandis que celui qui se montre peu soucieux de sa beauté, se montre aussi peu désireux de nous plaire et de nous attirer à lui, et par conséquent n'a pas droit à notre accueil ni à cette bienveillance vague qui précède les relations amicales.

Il n'est pas donné à tout le monde de discerner tout d'abord l'âme à travers l'enveloppe du corps. Il faut être Virgile pour savoir *tirer les perles du fumier d'Ennius.* Quelque belle que soit votre âme, vous ne pouvez vous en revêtir, et vous le pourriez, que vous

ne voudriez ni l'exposer à tant de froisse-
mens, ni prostituer à tous ce qui n'appartient qu'aux amis.

Si vous repoussez de vous les regards, tel
homme dont l'âme a avec la vôtre une sorte
de confraternité ne prendra pas la peine de
s'en assurer, ou s'il le fait il aura une sensation désagréable : « Dans quel vilain vase
ce parfum a-t-il été renfermé ! »

Tandis que la beauté qui arrête agréablement les yeux, fait désirer que l'âme dont
elle est comme l'enseigne vienne compléter
le charme ;

Comme on désire qu'un bel oiseau ait une
voix mélodieuse ;

Une fleur éclatante un suave parfum ;

Il nous semble une niaiserie et une affec-
tation ridicule de feindre de mépriser la
beauté du corps comme on le fait ordinai-
rement. D'une part, ce mépris est simulé ; car
autant l'on s'occupe peu de parer et de cultiver l'âme, autant on soigne, on lave, on
parfume le visage et les mains ; on se met de
fausses dents et de faux cheveux, on se peint
des veines et des sourcils, on met du blanc
et du rouge.

Le peu de préceptes que l'on prend la peine de connaître pour régler sa nature morale sont méprisés et nullement suivis ; les meilleurs ne sont pas estimés à l'égal du dernier cosmétique, et Guerlain le parfumeur a plus de cliens que n'en ont à eux tous tous les philosophes de cette ville.

D'autre part, ce mépris feint pour les avantages physiques, vient, selon nous, de ce que, si l'on en est dépourvu, il est assez difficile de se les attribuer ; tandis que pour les qualités du cœur, il suffit, pour être cru par le plus grand nombre, de dire je suis sensible, généreux, brave, franc, etc. On ne fait semblant de mépriser la beauté que parce qu'on ne peut pas persuader aux autres que l'on est beau, comme on leur persuade que l'on est vertueux : la beauté est dans le domaine des sens le juge qui trompe le moins l'homme ; la vertu est hors de leur domaine.

La plupart des hommes sont obligés de vous croire sur parole, si vous leur dites que vous êtes vertueux ; ils n'ont pas la même confiance, si vous dites que vous êtes beau. Le mépris pour la beauté est le mépris du renard pour les raisins qu'il ne peut atteindre.

Nous ne voyons pas de cause à la préfé-
rence que l'on. accorde à la beauté morale
sur la beauté physique en admettant que le
mépris pour la dernière soit véritable.

Parce qu'une rose a un suave parfum, faut-
il mépriser son feuillage dentelé et épais d'un
si beau vert, ses pétales d'une couleur si
fraîche et si tendre, humides de rosée, de
fraîcheur et de jeunesse ?

Parce qu'un oiseau a un chant harmonieux, faut-il ne pas s'apercevoir que son
plumage est éclatant ? que son œil est vif et
que ses ailes entr'ouvertes au vent sont brillantes ?

Et encore quand l'oiseau est caché sous les
feuilles, sa voix peut prévenir en sa faveur
avant qu'on l'ait aperçu ; le vent du soir peut
vous apporter de loin le parfum de la rose
cachée dans un buisson ; mais chez l'homme,
les qualités du cœur sont cachées ; il faut
chercher et fouiller avant de les découvrir ;
il faut, comme dit un vieux proverbe, *avoir
mangé avec un homme un boisseau de sel
pour le connaître.*

Il serait donc stupide de rejeter des avantages qui attirent à vous, et donnent le désir

de connaître ce que vous avez de bon au dedans.

Nous n'avons pas voulu ici prouver que la beauté est une chose bonne et estimable. Tout le monde est de notre avis, quoi qu'on en dise; nous avons seulement cherché à établir que l'on peut avouer que l'on tient à être beau, que l'on peut dire j'ai le nez bien fait, comme on dit j'ai du sang-froid, j'ai de jolis yeux, comme j'aime tendrement mes amis.

Nous ajouterons qu'il y a entre la beauté du visage et celle de l'âme une sorte de corrélation sympathique, et qu'un homme d'esprit ou un homme de cœur n'est jamais bien laid, et a une beauté à lui particulière.

Ceux qui nous connaissent personnellement seront peut-être surpris que nous, qui avons la triste habitude d'inspirer presque toujours un grand éloignement aux personnes qui nous voient pour la première fois, nous fassions l'éloge de la beauté, comme un prisonnier parlerait de la liberté.

La beauté étant admise comme chose bonne et utile, et la parure ayant évidemment le pouvoir de l'augmenter, la parure est donc d'elle-même une chose également bonne et utile.

L'homme mal habillé inspire de la pitié ou de la répugnance aux indifférens, et chagrine ses amis; et lui-même, se voyant l'objet d'une sorte de mépris, a des manières âpres et haineuses, ou, se sentant au-dessous des autres, devient timide et maladroit.

Il faut avoir des habits;

Quand on devrait les voler, car les gendarmes, les huissiers, les jurés, le procureur-général, auront plus d'égard pour vous sur la sellette des accusés si vous êtes bien mis, que si vous êtes déguenillé, et votre tailleur même sera plus poli et plus accommodant, si vous lui refusez de l'argent ayant sur vous l'habit neuf que vous lui devez.

XXXVIII.

Un jour de décembre, à l'hôtellerie du Cheval noir, quatre hommes étaient assis à une table dans un coin.

Tous les buveurs étaient partis, les lampes éteintes, et les garçons de l'hôtellerie bâillaient et se frottaient les yeux, car l'heure où ils se couchaient d'ordinaire était depuis long-temps passée.

Mais les quatre étrangers avaient des droits

évidens au respect de l'hôte; les plats vides couvraient la table, et un nombre prodigieux de pots de bière, les uns vides, les autres pleins, attestaient qu'ils étaient là depuis long-temps, et que leur écot récompenserait le maître de la fatigue de ses garçons.

Les buveurs, au milieu d'épais nuages de tabac, parlaient entre eux à demi-voix.

« Cinquante florins pour attaquer une voi-ture, recevoir quelques coups de canne, et nous en aller chacun chez nous; *mein Gott!* c'est une affaire d'or.

— « Tu vois trop les choses en beau. Qui sait si les gens de la voiture ne seront pas ar-més? et si demain quelqu'une des places que nous occupons à cette table ne sera pas vide à l'heure du souper?

— « Il n'y aura qu'une femme, son mari et le cocher, et personne ne sera armé. D'ailleurs n'avons-nous pas, quand on a réparé le clocher de la ville, exposé cent fois notre vie pour un demi-florin par jour?

— « Et toi, dit le premier interlocuteur à un de ses compagnons qui avait la tête dans les deux mains, que penses-tu?

— « Je pense que si nous ne sommes pas des

imbécilles, l'affaire peut être en effet excellente pour nous.

— « Comment ?

— « Celui qui nous a payés pour attaquer la voiture nous a dit que l'homme et la femme revenaient du bal; l'eau ne vous vient-elle pas à la bouche en songeant aux belles bagues, aux pendeloques, aux bracelets et au collier dont elle sera parée? Si nous pouvions nous emparer de tout cela et de la bourse du mari !

— « Par les crânes des onze mille vierges qui sont à Cologne dans l'église de Saint-Pierre! l'idée est grande et belle, mais l'exécution est difficile.

— « Nullement. Quoi qu'il arrive, celui qui nous paie ne pourra nous dénoncer sans se dénoncer lui-même; nous devons aller attendre la voiture à une heure un quart dans le petit bois, il faut arriver une demi-heure plus tôt, et l'attaquer presque à la sortie de la maison de campagne du baron ; ensuite si jamais nous rencontrons notre homme nous jurerons que tout est arrivé par sa faute, qu'il s'est trompé d'heure et de lieu, et que nous avons volé ses gens pour garder une contenance.

— « Mais il est possible qu'il nous ait devancés au rendez-vous, et que les cris l'attirent.

— « Nous baillonnerons les bavards ; et s'il arrive, on lui donnera par distraction un coup de bâton sur la tête, juste ce qu'il faut pour l'étourdir sans le tuer.

— « Tope là.

— « Partons. »

Il faisait un froid singulièrement piquant ; le vent du nord faisait entrechoquer les branches nues des arbres..

Stephen, depuis long-temps déjà, tenant son cheval par la bride, se promenait pour réchauffer ses pieds engourdis ; il fit sonner sa montre, minuit et demi ; encore trois quarts d'heure : « C'est effrayant ; il y a de quoi mourir de froid.

« Magdeleine sera à moi, se disait-il, la posséder est aujourd'hui le seul but de ma vie ; il me semble maintenant que l'air remplit mieux mes poumons, que ma vie est plus pleine ; la vengeance aussi est une bonne chose ; elle sera à moi ; » et encore il fit entendre un cruel ricanement.

« Ce n'est peut-être pas un mal, ajouta-t-il, de ne pas l'avoir épousée ; car il est certain

que ce que j'aimais, ce n'était pas elle ; c'était
une belle et poétique fille de mon imagination ;
ce qu'elle aimait aussi, c'était le résultat de ses
rêves de jeune fille.

« Et ce qui me le prouve, c'est que si je
l'avais vue manger seulement, si je l'avais vue
soumise aux mêmes besoins et aux mêmes
nécessités que les autres femmes, mon amour
eût été froissé ; Magdeleine à moi ne m'eût
donné qu'un cruel désenchantement de chaque
jour ; de même, elle voyait en moi plus qu'un
homme ; sitôt qu'elle aurait vu que je ne suis
rien de plus que les autres, elle ne m'aurait
plus aimé. L'amour que nous avions l'un pour
l'autre était un culte semblable à celui que
l'on donne à Dieu.

« Au bout d'un an, nous nous serions haïs.

« Mais comme nous n'avons pas été l'un à
l'autre ; comme nous nous sommes tenus à une
assez grande distance l'un de l'autre pour
qu'on ne pût distinguer les inégalités de la
peau, je suis toujours pour elle cet homme
poétique et exalté, ce héros de roman qu'elle
aimait ; et je dois revenir dans ses rêveries
avec d'autant plus d'avantages qu'elle a eu un
homme à elle, qu'elle l'a vu comme elle m'au-

rait vu, si elle avait été ma femme, avec toutes les faiblesses et tout le prosaïque de l'humanité.

« Que, toujours de loin, je n'ai rien perdu de
ma grandeur que la petitesse de celui qu'elle
a vu de près doit accroître encore à ses yeux.

« Et il faut qu'elle remplisse ma vie, c'est
pour moi un besoin invincible; et ces folies,
ces extravagances auxquelles je me suis livré
par ces derniers temps, n'étaient pour moi
qu'un prétexte de faire du bruit pour être
entendu d'elle.

« Magdeleine sera à moi. »

A ce moment, des cris aigus se firent entendre; il se jeta sur son cheval, et, au galop,
courut vers l'endroit d'où ils semblaient partir.

C'était la voiture d'Edward, que quatre
hommes entouraient; le cocher fouettait ses
chevaux de toutes ses forces, mais un coup de
bâton le renversa de son siége; Stephen s'é-
lança au milieu des brigands, persuadé que
sa présence les ferait fuir, selon qu'ils en
étaient convenus. Edward était tenu par deux
hommes dans la voiture tandis qu'un autre
essayait d'enlever les bagues des doigts de
Magdeleine évanouie.

Stephen donna un coup de cravache à ce dernier; mais celui qui avait renversé le cocher vint par derrière lui asséner sur la tête un coup de bâton.

Le hasard, le chapeau de Stephen, ou un mouvement, fit que le coup tomba sur l'épaule et la lui brisa plus d'à moitié. Furieux, il saisit un pistolet et étendit le brigand à ses pieds; un second coup tiré sur celui qui dépouillait Magdeleine ne l'atteignit pas, mais lui fit prendre la fuite; le cocher s'était relevé, et les deux autres brigands suivirent leur camarade.

La supercherie de Stephen avait manqué, mais le résultat était le même; il s'agissait pour lui de renouer avec Edward pour revoir Magdeleine.

Ce ne fut qu'à sa voix que Magdeleine le reconnut; il fut comblé de remercîmens.

« Je me féliciterais, dit-il, de l'heureux hasard qui m'a amené à votre secours, si je croyais au hasard; laissez-moi croire qu'un instinct secret et sympathique m'a averti du danger que couraient mes amis. »

Puis on continua la route sans parler.

Chacun des trois personnages avait le cœur

ou l'esprit au moins assez plein de pensées et d'émotions.

Edward n'était pas fâché de revoir Stephen: leur ancienne amitié n'avait pu manquer de laisser des traces. Stephen était riche et lié avec tout ce qu'il y avait de mieux dans la ville; mais il craignait que son amour pour Magdeleine n'eût laissé quelque étincelle sous la cendre.

Magdeleine, qui plus d'une fois, dans son cœur, avait comparé Edward à Stephen et n'avait pas trouvé dans le premier cet amour exalté et poétique que l'autre exprimait si bien, était émue à la fois de crainte et de plaisir. Cet amour, qui avait survécu au temps et à l'abandon, et dont il venait de lui donner une nouvelle preuve, flattait sinon son cœur, du moins sa vanité; mais quand, à la lueur incertaine de la lune, elle aperçut sa pâleur et la maigreur de ses joues, elle songea à tout ce qu'il avait souffert pour elle, et il lui sembla qu'il venait lui demander compte de ses douleurs, et de ses nuits sans sommeil, et de ses larmes.

Cependant elle pensa qu'Edward était son mari et son protecteur; elle se reprocha ce moment d'intérêt qu'elle avait senti pour Stephen, elle se rapprocha d'Edward et pencha la tête sur sa poitrine.

Pour Stephen, la présence de Magdeleine, sa voix, tout lui semblait une image fantastique; il n'osait respirer de peur que son souffle la dissipât et la fît évanouir. Il se reprochait presque sa supercherie; mais le mouvement que fit Magdeleine pour se rapprocher d'Edward lui fit froncer le sourcil, et on eût vu sur sa figure un ricanement muet. Arrivés à la ville, ils se séparèrent; Edward tendit la main à Stephen.

XXXIX.

Un Ami.

STEPHEN souffrait de son bras, il ne put dormir; et d'ailleurs les caresses affectueuses de Magdeleine pour Edward lui déchiraient les entrailles; il lui semblait les voir dans les bras l'un de l'autre; il se rappela son amour et ses souffrances, les promesses de Magdeleine et le jour de son mariage avec Edward.

« Il faudra bien que quelqu'un paie tout cela, dit-il, et encore la force que j'ai eue hier de ne pas briser cette main que je tenais dans la mienne. »

Edward entra, son accueil fut embarrassé; Stephen le prévint, et, après quelques instans d'une conversation insignifiante, lui dit :

« Tu m'as vu bien fou, mon cher Edward, ne voulant écouter ni ta raison ni celle de mes autres amis qui me disaient que mon amour était une fièvre qui se consumerait elle-même.

« Je suis guéri : j'ai vu hier ta femme sans la moindre émotion; la douleur de mon bras m'a empêché de dormir, je me suis examiné, et mon amour est bien mort. Ce n'était pas elle que j'aimais; c'était un vain songe, il s'est évanoui; je n'ai plus vu en Magdeleine que ta femme, et l'affection que je me sens disposé à avoir pour elle n'est qu'un reflet de notre ancienne amitié, à nous deux.

« Assez long-temps je me suis éloigné de mon plus ancien ami; j'ai voulu goûter tout ce qu'il y a dans la vie, j'ai vu que la seule chose vraiment bonne est l'amitié, et je suis heureux de pouvoir me rapprocher de toi sans danger pour ma tranquillité. »

Les deux amis se serrèrent la main, et rappelèrent leur joyeuse pauvreté et les jours plus éloignés encore de leur enfance, et le voisin dont ils volaient les pommes, et le précepteur dont ils brisaient le fauteuil et cachaient la perruque, et la vieille servante qu'ils enfermaient dans la cave.

Le lendemain Stephen reçut d'Edward et de sa femme une invitation à dîner. Il montra une douce et aimable gaîté ; il y avait du monde ; son esprit fut très goûté. On dansa ; il ne savait pas danser ; il vit avec dépit qu'Edward, qui dansait fort bien, prenait un avantage sur lui.

Le soir, il sortit ; ses nerfs étaient dans une horrible agitation, par suite de la contrainte qu'il s'était imposée ; son air riant disparut de son visage comme un masque qu'il eût ôté avec la main.

« Ils n'ont pas eu pitié de moi ; ils ont eu la cruauté de s'embrasser devant moi. Malédiction ! ils ne savent pas ce qu'ils m'ont fait de mal ; j'ai eu la force de le cacher, car il faut arriver à mon but. »

Le lendemain matin il fit appeler un maître de danse et un maître de chant.

Edward, de son côté, s'était d'autant plus volontiers rapproché de Stephen qu'il le savait riche, et se proposait de lui emprunter de l'argent pour rétablir ses affaires, qui étaient fort dérangées.

XL.

STEPHEN voyait Edward et sa femme presque tous les jours ; le soir en les quittant,
il savait qu'ils allaient se coucher, et il avait
une peine incroyable à cacher la fureur qui
le brûlait.

Il s'était fait présenter dans leurs sociétés ;
il dansait et chantait agréablement ; personne
n'était mieux mis que lui, n'était mieux in-
formé des nouvelles, et ne les racontait avec
plus d'esprit, et quand il arrivait tard dans

un salon, il trouvait tout le monde désœuvré et ne sachant que faire sans lui.

Sa fortune et son esprit lui avaient procuré les plus brillantes connaissances.

Le frère de l'électeur, auquel il avait rendu un petit service, avait parlé de lui à son frère, qui l'avait invité à aller passer quelque temps à la résidence.

Il s'était concilié l'amitié des artistes et des littérateurs : il ne paraissait pas un livre nouveau qu'il ne l'eût le premier, pour le faire lire à Magdeleine; pas un opéra n'était représenté qu'il n'eût une loge à offrir à Edward et à sa femme. Par momens, Edward se défiait de cet empressement; mais il ne le voyait faire aucune impression sur l'esprit de Magdeleine; et d'ailleurs il devait beaucoup d'argent à Stephen, et il se voyait sur le point d'être obligé de lui faire de nouveaux emprunts.

XLI.

Magdeleine à Suzanne.

Je ne sais si c'est à ton absence, chère Suzanne, que je dois attribuer l'ennui que j'é-
prouve ; ce n'est pas bien de m'abandonner
ainsi ; voilà tantôt trois mois que tu es à la
résidence et tu ne m'as écrit qu'une mauvaise
petite lettre de dix lignes.

Je ne puis comprendre ce que j'ai, Suzanne ; je ne souffre pas, mais je suis découragée.

Je suis aussi heureuse avec mon mari qu'il est possible de l'être ; je ne vois aucune autre femme qui le soit plus que moi, et je ne sais trop ce que je pourrais demander de plus ; il m'aime et se montre pour moi, bon, complaisant et empressé ; je ne forme pas un désir qu'il ne s'occupe de le satisfaire : les femmes me félicitent et me portent envie.

Et pourtant je me sens amèrement découragée ; l'âme d'Edward n'est pas en harmonie avec la mienne ; il y a une foule de mes sensations que je ne puis lui communiquer, parce qu'il ne les comprendrait pas ; il n'y a rien en lui qui exalte et échauffe l'imagination et qui inspire l'amour. J'ai pour lui une bonne et tendre affection ; mais il ne peut alimenter l'amour, et il ne peut même servir à l'amour de prétexte suffisant, car lui-même il n'a ni exaltation ni poésie ; il m'aime tranquillement et à son aise ; l'amour a sa place marquée dans sa vie, et ne dépasse jamais les bornes : il n'y pense que quand il est au lit.

J'ignore si toutes les femmes sont comme

moi, ma chère Suzanne ; mais cela ne suffit
pas à mon cœur, que je sens douloureusement
mourir d'inanition. J'ai un époux qui m'aime
et que j'aime, et cependant je ne puis partager avec lui toute ma vie, il faut que je
garde pour moi seule certaines peines et cer-
tains bonheurs qu'il ne pourrait comprendre,
et qu'en souriant il traiterait de rêves et de
folies.

Je ne puis te dire bien clairement ce qui
me manque, car je ne le comprends pas moi-
même ; mais il me manque quelque chose,
mais il y a en moi un vide, et un vide dou-
loureux.

XLII.

Suzanne à Magdeleine.

Ta lettre m'inquiète, Magdeleine; comment se fait-il que jusqu'à ce jour, tu n'ayes pas senti ce vide dont tu te plains, et que tu t'en avises quand, depuis deux mois, ton ancien amant est auprès de toi?

Comment se fait-il que tu ne me parles pas de lui; c'est pourtant une chose qui a quelque importance?

Comment se fait-il aussi que tu ne me parles pas de ton enfant, de l'enfant d'Edward?

J'ai peur, Magdeleine ; car ce qui autrefois était une folie serait aujourd'hui une folie plus grande encore, et de plus un crime.

Mais je suis folle de m'inquiéter ainsi, et de te faire part de mes inquiétudes à propos d'une lettre que tu auras peut-être écrite par un jour de mauvais temps et de mal de tête.

Rassure-moi, et écris-moi souvent ; car nous passerons la fin de l'hiver et tout l'été à la résidence ; les occupations de mon mari le retiennent près de l'électeur.

XLIII.

Magdeleine à Suzanne.

Tu me fais injure, Suzanne, de croire que j'use avec toi de dissimulation. Il faudrait que je fusse bien folle de renoncer ainsi à une amitié qui a toujours été pour la plus grande part dans ce que j'ai eu de bonheur.

Non; dans mon vague ennui, la présence de celui que tu appelles mon ancien amant n'est pour rien.

Il est devenu raisonnable; et l'amitié qu'il

II.   14

nous témoigne, à Edward et à moi, n'a rien qui puisse alarmer. Je t'avouerai, à toi, femme, que ses succès dans le monde, le rang qu'il y occupe par son esprit et son caractère, peuvent justement rendre un peu fière la femme qui a été aimée de lui, comme je l'ai été; car il m'aimait bien, ma bonne Suzanne.

Il est peu changé ; seulement le chagrin paraît avoir laissé sur son visage des traces profondes. Il y a du deuil dans ses yeux incertains, dans ses habitudes de corps nonchalantes, dans sa voix qu'il semble laisser tomber de sa bouche sans dessein. Mais quand il s'anime, quand quelque chose va à son cœur ou à son esprit, son regard, comme autrefois, est un éclair.

Ce qu'il y a de plus remarquable en lui, c'est son sourire. Quand il vient colorer son visage, ce n'est plus le même homme; ce sourire fait l'effet du soleil sur la verdure. Comme le bonheur l'aurait rendu beau, Suzanne! Il y a quelques jours, une femme remarquait combien il y a de jeunesse dans ce sourire. « C'est vrai, dit-il en souriant encore, mais amèrement : mon sourire est jeune; je m'en suis si peu servi. »

Non, ma Suzanne, il n'est pour rien dans ma tristesse; j'éprouve au contraire un grand plaisir à le rendre heureux par notre amitié. Tout ce que je peux lui donner de bonheur me paraît une restitution, et une expiation de ce qu'il a souffert à cause de moi.

Il n'y a pas d'amour possible entre lui et moi. Mon Edward et mon enfant me protégeraient contre le danger, si le danger se montrait.

Stephen est pour nous un bon ami; et l'affection que lui témoigne Edward m'est un sûr garant qu'il ne voit pas plus de danger que moi.

C'est donc ainsi que toi, et ton mari, que je déteste, vous sacrifiez l'amitié à la fortune et à l'ambition. Je suis bien tentée de te détester aussi. Mais qui aimerais-je, ou du moins qui, aussi bien que toi, comprendrait mon cœur et toutes mes folies?

XLIV.

Voici ce qui avait confié à Magdeleine une partie des souffrances de Stephen :

« C'était dans un salon : il était tard : une grande partie des conviés étaient partis; le peu de personnes qui restaient, s'étaient resserrées autour de l'âtre, et on en était venu à causer plus intimement. La franchise de Stephen avait excité celle des autres, et chacun racontait des histoires qui lui étaient personnelles.

« Quand ce fut au tour de Stephen, il reprit les derniers mots d'Edward, qui avait raconté gaîment quelques unes des anecdotes de leur bonne et insoucieuse pauvreté.

« Non, dit Stephen, la pauvreté n'est pas toujours une bonne chose ; et j'ai le droit de le dire, moi, qui en ai souffert pendant presque toute ma vie, moi, qui suis son élève, et qui n'ai d'instruction que celle qu'elle m'a donnée.

« Mon père, qu'un emploi lucratif eût pu mettre dans l'aisance, par des habitudes de désordre, vivait dans une sorte de pauvreté ; ma mère était morte peu de temps après la naissance de mon jeune frère ; une vieille servante la remplaçait près de nous.

« Notre logis avait toute l'apparence de l'aisance et même d'une sorte de luxe, et nous avions quelquefois des bouffées d'opulence pendant lesquelles l'argent se dépensait avec une ridicule prodigalité ; puis pendant long-temps on retombait dans un état voisin de l'indigence : mon frère et moi nous étions mal habillés et mal nourris, souvent nos souliers étaient percés, nos pantalons déchirés ou rapiécés et notre linge sale.

« On nous envoyait à l'école, et nos petits
camarades nous méprisaient; le maître d'école
lui-même nous punissait plus que les autres:
mon frère, qui était plus jeune que moi
(nous étions alors tout petits), avait pour tout
cela une entière insouciance. Je crois le voir
encore avec ses yeux bruns pétillans, ses bonnes grosses joues, ses cheveux blonds, fins
comme de la soie, et tout bouclés : il était
si gai, si joueur, qu'on lui pardonnait le
plus souvent sa pauvreté; le maître lui montrait quelque affection, et ses camarades
jouaient volontiers avec lui; mais moi, j'étais
fier, et je sentais douloureusement retomber
sur mon cœur le mépris qu'on laissait percer
pour nous; il s'amassait en moi de longs
ressentimens, et la moindre chose m'exaspérait
et me mettait en fureur, j'étais à l'affût de
toutes les humiliations, et je n'en laissais pas
passer une.

Comme nous étions mal habillés, s'il venait
des parens voir les élèves, on nous faisait
mettre derrière les autres et dans le coin le
plus obscur; le dimanche tous les autres enfans avaient des habits de fête, nous c'est tout
au plus si l'on nous mettait une chemise

blanche, et le maître nous donnait des puni-
tions pour avoir un prétexte de ne pas nous
mener à la promenade avec les autres : mon
frère profitait de cela pour courir après les
poules, et atteler les lapins à des petits chariots ; moi, je pleurais dans un coin. Il venait
m'embrasser et me disait : « Qu'as-tu donc,
Stephen ? »

Tous les autres enfans apportaient des pa-
niers bien garnis de nourriture et de friandises pour leur repas du milieu du jour ; nous,
très souvent nous n'avions pas suffisamment
pour nous nourrir. Mon petit frère était si
joli, si gai ; le voir souffrir m'aurait déchiré
le cœur horriblement ; une larme de lui m'aurait donné envie de me tuer ; je faisais semblant de n'avoir jamais faim pour lui en laisser davantage ; et puis comme il n'était pas
comme moi hargneux et querelleur, ses camarades partageaient avec lui des friandises ;
il m'en apportait la moitié ; mais pour rien au
monde, tout petit que j'étais, je n'aurais consenti à profiter de la libéralité de nos camarades que je n'aimais pas.

Encore, quand on jouait, quand on lut-
tait, je me tenais à l'écart ; je refusais obsti-

nément de prendre part aux jeux des autres,
parce que je savais que mes vêtemens, déjà
vieux et usés, se déchireraient facilement, et
que je n'en avais pas d'autres pour les remplacer; les autres disaient que j'étais poltron,
et que je n'osais ni lutter ni jouer avec eux.
Jamais nous n'avions les livres nécessaires
pour apprendre les leçons que l'on nous donnait; mon frère les apprenait mal ou point,
et souvent ses camarades lui donnaient des
livres; moi, j'étais forcé d'emprunter un livre
et d'apprendre pendant le temps de la récréa-
tion. Quelquefois on ne voulait pas m'en prêter; alors je ne savais pas ma leçon : rien
n'aurait pu me décider à dire que nous n'avions
pas d'argent pour acheter des livres; la pitié
des autres m'aurait fait mourir : je disais que
je les avais perdus ou déchirés, et l'on me
mettait en prison, et là je pleurais encore.

Et mon pauvre petit frère, à travers les
fentes de la porte, venait me consoler et rire,
et me raconter les bons tours qu'il jouait aux
camarades, et je tâchais que ma voix ne trahît
pas que je pleurais, car il aurait pleuré aussi,
et les larmes n'allaient pas à sa bonne petite
figure si gaie : je me sentais fort, et j'aurais

mieux aimé porter du chagrin pour deux que de lui en voir à lui.

« Ainsi je n'ai pas eu d'enfance : le bon rire, les jeux, l'insouciance, je ne connais rien de tout cela.

« Plus tard, j'ai vécu avec Edward dans une pauvreté bien gaie; mais depuis, seul, j'ai senti la faim, la faim qui déchire la poitrine, qui abat et décourage, qui fait voir le soleil et le jour terne, qui ôte toute force de sentir, qui empêche de croire à des jours meilleurs.

« Et c'est ma pauvreté qui a causé la mort de mon frère, de mon bon Eugène. »

A ce moment, Stephen, qui avait commencé son récit presque gaîment, s'arrêta, mit son mouchoir sur sa bouche; mais bientôt des sanglots convulsifs s'échappèrent; il se leva, demanda sa voiture et s'enfuit.

XLV.

Un matin, Stephen reçut d'Edward un billet, dans lequel il lui apprenait qu'un rhume très fort le retenait chez lui, et l'empêcherait de faire la partie qu'ils avaient projetée, d'aller patiner ensemble.

Stephen se trouva contrarié ; il patinait fort bien, et Edward pas du tout ; et il n'avait proposé cette partie que pour prendre sur Edward un avantage aux yeux de Magdeleine ; non qu'il pensât qu'une femme se décide à aimer un homme parce qu'il patine mieux qu'un autre; mais il était persuadé que tout *triomphe*, quelque petit, quelque momentané qu'il soit, intéresse toujours une femme, et que ne pouvant y prétendre par elle-même, elle aime à s'associer à ceux des hommes, et à mettre sa tête sous la même couronne, qu'elle soit en or ou en gazon; et d'ailleurs une suite de petites impressions finissent par faire comme la goutte d'eau qui, tombant sans cesse, creuse le marbre le plus dur.

Il arriva chez Edward, et, à dessein, avait choisi le vêtement qui lui séyait le mieux.

Edward, en effet, avait la tête enveloppée de bonnets et de serviettes, et il était impossible de ne pas faire involontairement une comparaison entre lui et Stephen, bien fait, svelte et dégagé.

« Il fait un temps superbe, dit Edward, et je suis bien fâché de priver Magdeleine du spectacle des patineurs. Si tu étais bien bon, Stephen, tu la conduirais. »

Stephen fut fâché de cette marque de confiance : il lui sembla qu'il combattait un ennemi sans armes, et il cherchait un prétexte de refus, quand Edward, attirant Magdeleine

à lui, les deux époux s'embrassèrent tendrement.

Cet aspect ralluma son ressentiment, et il
répondit qu'il serait plus convenable de l'ac-
compagner seulement à cheval, et pendant
que l'on apprêtait la voiture d'Edward, et
que Magdeleine se revêtait de fourrures, il
alla faire seller son cheval, son beau cheval
gris.

Puis il accompagna Magdeleine, chevau-
chant à la portière de sa voiture, et les gens
les plus considérables de la ville le saluaient
et les femmes lui souriaient avec complaisance.

Il ne patina pas. Schmidt, le cousin de
Magdeleine, les aborda, et lui dit : « Pourquoi
donc ne patinez-vous pas, Stephen? vous ef-
faceriez les plus habiles de tous ceux qui sont
ici. »

Il fit une réponse évasive ; mais Magdeleine
comprit que c'était pour ne pas la quitter.

Au retour, les yeux s'arrêtèrent sur son
beau cheval, qu'il maniait avec autant de
grâce que d'adresse; plusieurs personnes l'a-
bordèrent ; tout le monde paraissait l'aimer
et le vénérer.

Il dit à Magdeleine :

« Le pauvre Edward a dû s'ennuyer : je le plains surtout d'être obligé de s'affubler ridiculement de bonnets et de serviettes; il ne pourrait se regarder dans une glace sans rire de lui-même. »

Il salua Magdeleine, et partit en caracolant fort content de l'impression qu'il laissait.

Le lendemain il alla trouver Schmidt.

XLVI.

Pourquoi Stephen alla trouver Schmidt aux cheveux blonds, le cousin de Magdeleine.

Voici pourquoi Stephen alla trouver Schmidt aux cheveux blonds, le cousin de Magdeleine.

Schmidt n'était pas un méchant homme ni un homme de mauvaise foi ; ce n'était pas un querelleur, ni un menteur, ni un fat.

Ce n'était pas non plus un calomniateur, ni un voleur, ni un traître.

C'était pis que tout cela.

Schmidt était un homme nul, sans caractère à lui, sans individualité, semblable à un mauvais miroir qui reproduit tout ce qui passe devant lui en l'altérant et le gâtant.

Comme il n'était pas un homme complet, il prenait un peu de l'individualité de l'un, un peu de celle de l'autre, imitant et copiant servilement ceux qui lui semblaient avoir des succès dans le monde.

Depuis long-temps Stephen l'avait séduit, et surtout depuis que, suivant sa résolution de reconquérir ses droits sur Magdeleine, il s'était placé au premier rang dans la société.

Il empruntait à Stephen sa démarche, sa mise, ses idées, ses inflexions de voix et jusqu'à ces tournures de phrase et ces mots que l'on affectionne sans le savoir et dont on se sert habituellement.

Ses vêtemens étaient semblables à ceux de Stephen, ses cheveux arrangés, sa cravate nouée de la même manière ; il s'emparait de ses opinions politiques et littéraires, de son jugement sur tout.

Il était devenu le reflet de Stephen.

De sorte que beaucoup de gens trouvaient

qu'ils se ressemblaient, les croyaient deux amis intimes, et jugeaient Stephen d'après Schmidt, accoutumé que l'on est à chercher des rapports d'humeur, de caractère et d'esprit entre deux amis.

Que très souvent, si Stephen donnait son avis sur quelque chose, on lui disait : « C'est singulier, vous pensez là-dessus absolument comme M. Schmidt. »

Ou.

« Tiens ! vous vous êtes fait faire un pantalon semblable à celui de M. Schmidt.

« Vous vous coiffez comme M. Schmidt.

« Vous ressemblez prodigieusement à M. Schmidt.

« Vous jurez comme M. Schmidt. »

C'est en vain que Stephen changeait ses habits à mesure que Schmidt les imitait ; et d'ailleurs il ne pouvait changer ses opinions aussi facilement.

Un jour Stephen lui avait dit : « Je ne connais rien de bête et de creux comme l'imitation et le plagiat. »

Schmidt n'avait pas vu là un reproche ; il n'avait vu qu'une idée dont il pouvait faire son profit.

Quelques jours après, dans un salon, Schmidt lui dit tout haut : « Dites-moi, Stephen, connaissez-vous rien d'aussi bête et d'aussi creux que l'imitation et le plagiat ? »

Stephen rougit d'impatience.

Les assistans pensèrent que c'était de la part de Schmidt une manière de lui reprocher la ressemblance qui existait entre eux, et que le plagiaire était Stephen.

Les ridicules qui se trouvaient en Stephen, adoptés par Schmidt, et chargés par lui, paraissaient plus évidens et choquaient davantage ; et ne les eût-il pas chargés, il y a tels défauts qui complètent l'ensemble d'une organisation, qui sont la conséquence de telles qualités correspondantes, lesquelles ne peuvent exister indépendamment de ces défauts : ce sont des défauts absolus, mais non relatifs, et on ne s'en aperçoit pas ; mais si un autre s'en empare et les montre séparés de ce qui les encadrait, ils paraissent laids et nus.

C'est une chose précieuse que l'individualité. Nous ne comprenons pas comment on peut désirer de ressembler à quelqu'un. Il vaut mieux n'être rien et être soi, qu'être la charge ou la caricature, ou même une épreuve

II.   15

pâle d'un grand homme ; il serait désespérant
de ressembler à Napoléon , ou à Voltaire , ou
à Byron ;

Parce qu'alors chaque fois que l'on penserait à vous , on penserait aussi à celui auquel
vous ressemblez , et l'esprit , même involontairement , ferait une comparaison.

C'est ainsi qu'une femme d'une médiocre
beauté , ferait mal de se montrer toujours auprès d'une femme extrêmement belle ;

C'est ainsi qu'il est désagréable de sortir
avec un homme haut de six pieds.

Et quand, pour avoir votre individualité
à vous , vous avez retranché de vous tout
ce qui ne vous appartient pas , vous avez
émondé tout ce qui a pu être greffé sur vous,
et vous vous êtes fait petit et grêle pour ne
pas avoir une hauteur et un embonpoint d'em-
prunt, il est exaspérant au dernier point qu'il
arrive un parasite vous prendre la moitié du
peu que vous avez.

Vous n'avez pas voulu ressembler aux gens
plus grands que vous en vous élevant jusqu'à
eux : il vient un homme qui établit une ressemblance entre lui et vous, en vous tirant
par les pieds et vous abaissant jusqu'à lui.

Vous n'êtes plus un homme; il faut lui et vous pour faire un individu; il s'attache et s'enlace après vous malgré vous; il marche avec vous dans vos bottes; il entre avec vous dans votre peau, au risque de la faire crever; il se sert de vos passions, de vos vices, de vos peines, de vos plaisirs; de tout cela, vous n'avez plus que la moitié;

Si toutefois il ne vous prend pas un tel dégoût de votre nature qu'il usurpe et fait sienne, que vous aimiez mieux ressembler à un autre qu'à lui, et que vous vous glissiez à votre tour dans la peau d'un autre, chassé que vous êtes par un usurpateur de vos habits, de vos goûts, de vos pensées, de vos sensations, de vos défauts; vous êtes comme un limaçon sans coquille.

L'homme qui vous expose à cette affreuse situation est votre plus mortel ennemi; vous avez le droit de le tuer, car il dérange toute votre vie; il vous rend ridicule à vos yeux, et vous ôte l'estime de vous-même.

Stephen arriva donc chez Schmidt, et lui dit : « Vous n'êtes pas riche; j'ai à vous offrir une place de trois mille florins à Bade.

«Si vous n'acceptez pas, nous nous battrons demain, et je vous tuerai.»

Schmidt trouva l'offre bizarre, accepta la
place, et partit pour Baden deux jours après.

XLVII.

Je ne crains que ceux que j'aime.
Jul*** Dr***

Un jour Stephen trouva Magdeleine occupée à écrire à Suzanne; à son aspect, elle cacha la lettre commencée, et ils parlèrent de choses insignifiantes.

Tout à coup les cris de l'enfant, qui était tombé, attirèrent Magdeleine hors de la chambre; et pendant qu'elle apaisait le petit blessé et lui mettait des compresses, Stephen, qui avait remarqué où elle mettait la lettre, la prit et la lut rapidement.

MAGDELEINE A SUZANNE.

« Tu as eu, je le crains trop, ma Suzanne, la prudence du chien de berger qui aboie quand un danger menace, mais qui ne peut dire quel est le danger. Tu avais tort de craindre pour moi la présence de M. Stephen, et c'est avec sincérité que je t'ai entièrement rassurée sur mon compte.

« Mais je ne suis pas aussi tranquille sur lui; il n'a pas, comme moi, des devoirs sacrés pour lui servir de garantie contre l'amour, et il peut ne pas regarder son amour comme un crime.

« Il m'aime encore, Suzanne; je le crains et je le crois, et je dois prendre tes conseils à ce sujet...................... »

« Des devoirs sacrés! dit amèrement Stephen; tout me rappellera donc ma vengeance. Ses devoirs sacrés, ils sont un crime, un crime affreux qui m'a condamné aux plus longues et aux plus horribles tortures; et cet enfant

qu'elle aime, pour lequel elle donnerait cent
fois ma chair et mes os, dont un cri l'a fait
pâlir ;

« Cet enfant, il me rappelle qu'elle a été dans
les bras d'un autre, qu'elle l'a conçu dans des
transports de plaisir, qu'il est formé d'elle et
de lui. Oui, oui, ma vengeance est légitime.

« Elle a peur de moi ; à cette crainte pour
ma tranquillité succédera bientôt la crainte
pour la sienne ; et que lui ferait ma tranquillité si elle ne commençait pas à m'aimer ? Il
faut la rassurer, la rassurer pleinement, et
qu'elle ne voie le danger que quand elle
sera assez enlacée pour ne pouvoir plus y
échapper. »

Le soir il revint ; et dans un instant où il
se trouva seul avec elle, il lui dit : « Magdeleine ! dans un moment d'égarement heureusement passé, j'avais gardé une de vos lettres ; comme il ne doit et ne peut plus exister
entre nous qu'une bonne et sainte amitié, je
vous la rends ; il faut la détruire. »

Magdeleine déchira aussi la lettre commencée pour Suzanne.

Elle voulut lui faire part de ses nouveaux
sujets de tranquillité et de confiance ; mais elle

ne put écrire, et remit sa lettre à un autre moment.

Peut-être, malgré le plaisir que lui faisait l'assurance du calme de Stephen, était-elle, à son insu, blessée de la mort d'une passion dont elle était fière.

XLVIII.

𝔅𝔢𝔢𝔱𝔥𝔬𝔳𝔢𝔫.

« Les rives de la vie d'abord sont riantes et couvertes de verdure ; l'air est parfumé ; les oiseaux chantent au bord dans les oseraies, et le soleil qui se lève derrière les saules promet une belle journée. Tandis que votre bateau glisse, et que, croyant à l'avenir, vous accusez sa lenteur , votre âme et votre corps jouissent d'un bien-être qui fait trouver plaisir à vivre.

« Mais de loin ceux qui vous précèdent sur le fleuve vous crient, et leur voix rompt péniblement l'harmonie de l'eau qui balance les joncs et le feuillage , qui frissonne : « Ne vous livrez pas à ce plaisir qui charme vos sens ; c'est une illusion , c'est une fantasmagorie : tout cela va s'évanouir. »

« Car eux, ils n'ont plus sur les rives qu'une herbe jaune et brûlée , de vieux sapins desséchés et l'eau qui coule à peine, et les marais qui répandent de fétides exhalaisons; ils voudraient remonter le courant, mais aucune force humaine ne le peut; ils croient que ces belles rives ont fui , qu'elles se sont transformées : non, ce sont eux qui ont passé ; elles restent pour ceux qui viennent après eux, qui passent comme eux. La vie est divisée en zônes, espoir, jouissance, regrets ; et le courant vous entraîne irrésistiblement à travers ces zônes , quelque vigoureux que vous soyez ; il vous faut passer par où passent les autres. Vous voulez arrêter vos regards sur une plante, respirer l'odeur d'une fleur; non,

le courant vous entraîne ; marchez : vous voulez entendre jusqu'au bout le chant commencé
d'un oiseau ; non, le courant vous entraîne ;
marchez. Le plaisir reste, c'est vous qui fuyez :
l'aspect de la plante, le parfum de la fleur, le
chant de l'oiseau, il y a derrière vous d'autres
hommes qui en jouiront un instant, et qui,
comme vous, passeront en les regrettant. »

Stephen, après ces paroles, s'arrêta et se
chauffa la paume des mains devant l'âtre flam-
boyant.

Magdeleine était à l'autre coin de la cheminée ; quelques personnes étaient devant ;
Edward, au fond du salon, lisait avec une
inquiétude visible des lettres qui lui étaient
arrivées.

« Il faut, dit un des assistans, que vous
soyez sorti de votre maison du pied gauche
ce matin, ou que vous ayez rencontré une
corneille, pour assombrir le coin du feu, par
des images d'autant plus tristes qu'elles sont
vraies.

— « Non, dit Stephen en laissant paraître
sur sa figure un sourire passager comme un
flocon de nuages sur le soleil d'été, je suis
sorti à cheval, et je n'ai rencontré personne

qu'une jolie fille avec son amoureux, ce qui
est un aussi bon présage que de voir des
tourterelles : mais ce qui me porte à la mélancolie, c'est une nouvelle que j'ai apprise
hier soir. »

Toutes les figures se tournèrent, tous les
cous s'allongèrent vers Stephen.

« C'est la mort de Beethoven ; il est mort le
26 mars. »

Un nuage passa sur les physionomies.

« Il n'a eu, continua Stephen, qu'un moment de bonheur dans sa vie, et ce bonheur
l'a tué.

« Toute sa vie, pauvre, relégué dans la
solitude par le mépris des autres et son caractère naturellement sauvage et aigri par l'injustice, il y composait la plus belle musique
qu'un homme ait jamais faite. Il parlait dans
cette belle langue aux hommes qui ne dai-
gnaient pas l'écouter ; comme la nature leur
parle par cette céleste harmonie du vent,
de l'eau, du chant des oiseaux : Beethoven
est le vrai prophète de Dieu ; car seul il a
parlé la langue de Dieu.

« Et cependant son talent était méconnu
à tel point que lui-même a dû plus d'une fois,

et c'est pour l'artiste la plus atroce torture, douter de son génie.

« Haydn lui-même ne trouvait pas pour lui d'autre éloge que de dire : « C'est un habile claveciniste. » Autant dire de Géricault : il broie bien les couleurs; autant dire de Goethe : il ne fait pas de faute d'orthographe, ou il a une belle écriture.

« Il avait un ami, Hummel, mais la pauvreté et l'injustice irritaient Beethoven et le rendaient quelquefois injuste lui-même; il était brouillé avec Hummel, et depuis longtemps ils ne se voyaient plus; pour comble de malheur, il était devenu complétement sourd.

« Alors Beethoven s'était retiré à Baden, où il vivait tristement isolé, d'une petite pension qui suffisait à peine à ses besoins. Son seul plaisir était de s'égarer dans une belle forêt qui avoisine la ville; et seul, livré à son génie, de composer ses sublimes symphonies, de laisser son âme s'élever au ciel en accens harmonieux, et de parler aux anges une langue trop belle pour les hommes, qui ne la comprenaient pas.

« Mais au moment où il y pensait le moins,

une lettre le ramena malgré lui sur la terre, où
l'attendaient de nouveaux chagrins.

« Un neveu dont il avait pris soin, et auquel
il s'était attaché par le bien même qu'il lui
avait fait, lui écrivait que, impliqué à Vienne
dans une fâcheuse affaire, la présence seule
de son oncle pourrait l'en tirer.

« Beethoven partit, et, pour ménager l'argent, fit une partie de la route à pied. Un soir
il s'arrêta devant une mauvaise petite vieille
maison, et demanda l'hospitalité ; il avait encore plusieurs lieues pour arriver à Vienne,
et ses forces ne lui permettaient pas de conti-
nuer la route ce soir.

« On l'accueillit, il prit part au souper, et
ensuite se mit au coin du feu, sur le siége du
chef de la famille.

«Quand la table fut enlevée, le maître ouvrit
un vieux clavecin, et ses trois fils prirent chacun leur instrument attaché à la muraille; la
mère et sa fille étaient occupées à quelques
travaux de ménage.

«Le père donna l'accord, et tous quatre commencèrent avec cet ensemble, ce génie inné
pour la musique que les Allemands seuls pos-
sèdent. Il paraît que ce qu'ils jouaient les in-

téressait vivement, car ils s'y abandonnaient corps et âme, et les deux femmes quittèrent leur ouvrage pour écouter; et sur leurs figures naïves on voyait une douce émotion, on comprenait que leur cœur était serré.

« C'était toute la part que Beethoven pouvait prendre à ce qui se passait; car il ne pouvait entendre une seule note, seulement à la précision des mouvemens des exécutans, à l'animation de leur physionomie, qui faisait voir qu'ils sentaient vivement, il songeait à la supériorité de ces hommes sur les musiciens italiens, machines musicales bien organisées.

« Quand ils eurent fini, ils se serrèrent la main avec effusion comme pour se communiquer l'impression de bonheur qu'ils avaient ressentie, et la jeune fille se jeta en pleurant dans les bras de sa mère.

« Puis ils semblèrent se consulter, et reprirent les instrumens; ils recommençaient; cette fois leur exaltation était au comble, leurs regards étaient humides et brillans.

« Mes amis, dit Beethoven, je suis bien malheureux de ne pouvoir prendre part au plaisir que vous éprouvez, car moi aussi j'aime la musique; mais vous vous en êtes aperçu, je suis sourd au point de n'entendre aucun son.

« Permettez - moi de lire cette musique qui vous fait éprouver une si vive et si douce émotion. »

« Il prit le cahier, et ses yeux s'obscurcirent, sa respiration s'arrêta ; puis il se mit à pleurer, et laissa tomber le cahier ;

« Car ce que jouaient les paysans, ce qui les enthousiasmait ; c'était l'*allegretto de la symphonie en* la *de Beethoven.*

« Toute la famille se rassembla autour de lui, lui exprimant par signes, leur étonnement et leur curiosité.

« Pendant quelques instans encore, des sanglots convulsifs l'empêchèrent de parler ; puis il leur dit : « Je suis Beethoven. »

« Alors ils se découvrirent et s'inclinèrent avec un respect silencieux, et Beethoven leur tendait les mains, et les paysans lui serraient et lui baisaient les mains, comprenant que l'homme qu'ils avaient parmi eux était plus qu'un roi.

« Et ils le regardaient pour voir ses traits, et y chercher l'empreinte du génie et une glorieuse auréole autour de son front.

« Beethoven leur tendit les bras, et ils s'embrassèrent tous, le père, la mère, la jeune fille et ses trois frères.

« Puis tout d'un coup il se leva, s'assit devant le clavecin, fit signe aux trois jeunes gens de reprendre leurs instrumens, et il joua lui-même ce chef-d'œuvre : ils étaient tout âme ; jamais musique ne fut plus belle ni mieux exécutée.

« Quand ils eurent fini, Beethoven resta au clavecin et improvisa des chants de bonheur, des chants d'actions de grâces au ciel, comme il n'en avait pas composés dans toute sa vie.

« Une partie de la nuit se passa à l'entendre.

« C'étaient ses derniers accens.

« Le chef de la famille le força d'accepter son lit, mais la nuit Beethoven eut la fièvre ; il se leva, il sentait le besoin d'air ; il sortit nu-pieds dans la campagne. La nature alors exhalait aussi une majestueuse harmonie ; le vent faisait entrechoquer les branchages ou s'engouffrait dans les allées, ou tournoyait en mugissant et rompant tout sur son passage. Il resta long-temps dehors. Quand il rentra, il était glacé. On alla à Vienne chercher un médecin ; une hydropisie de poitrine s'était déclarée. Malgré tous les soins, le médecin, après deux jours, déclara que Beethoven allait mourir.

« Et en effet, à chaque instant sa vie s'en allait.

« Comme il râlait sur son lit, un homme entra : c'était Hummel ; Hummel, son ancien, son seul ami. Il avait appris la maladie de Beethoven ; il lui apportait des soins et de l'argent, mais il n'était plus temps ; Beethoven ne parlait plus, un regard de reconnaissance fut tout ce qu'il put dire à Hummel.

« Hummel se pencha vers lui, et avec le cornet acoustique au moyen duquel Beethoven pouvait entendre quelques mots prononcés à haute voix, il lui fit part de la douleur qu'il ressentait de le voir dans cette situation.

« Beethoven parut se ranimer, ses yeux brillèrent, et il dit : *N'est-ce pas, Hummel, que j'avais du talent ?*

« Ce furent ses dernières paroles : ses yeux restèrent fixes, sa bouche s'entr'ouvrit, et la vie s'exhala.

« On l'a enterré dans le cimetière de Dobling. »

XLIX.

Où l'auteur prend la parole.

— Crier ainsi ! vraiment , c'était à supposer
Que l'on vous égorgeait ;
      — Mais ne peut-on causer
Sans que vous supposiez quelque débat tragique ?
— Mais vous criez enfin ? — Nous parlions politique.
   ÉLÉONORE DE VAULABELLE.

POUR nos amis, et pour ceux qui ne le sont pas, nous jugeons convenable de dire deux mots de la politique du jour, dont le bruit parvient à nous jusque dans notre chambre,

quelque bien fermée que nous ayons soin de
la tenir.

En politique, nous pensons que les moyens
ne signifient rien ; les résultats seuls sont bons
ou mauvais : les résultats ne sont que de deux
sortes, succès ou défaite ; le plus fort a raison
quels que soient les moyens qu'il a employés ;
le vaincu a toujours tort.

Une fois la lutte terminée, il se fait deux
parts.

Tout ce qui s'est fait de grand, de beau
et de généreux de part et d'autre appartient
au vainqueur ; sur le vaincu retombent les
trahisons, les bassesses, les ignominies faites
des deux côtés.

De notre temps, il y a en France trois
partis :

Les carlistes veulent reprendre ce qu'ils
ont perdu ;

Les partisans du juste milieu, garder ce
qu'ils ont ;

Les républicains, avoir à leur tour ce qu'ont
eu les carlistes, et ce qu'ont les philippistes.

Tous ont d'excellentes raisons personnelles
qu'ils couvrent d'un manteau troué de patriotisme et de désintéressement.

Personne ne croit au patriotisme ni au désintéressement; peut-être vaudrait-il mieux avouer franchement son but.

Mais cela nous inquiète peu; car l'artiste est en dehors de la politique, et nous plus que personne.

Quant à la petite part que nous pouvons quelquefois y avoir prise, nous disons hautement que ce n'est nullement par notre faute, et chaque jour il nous arrive d'excellentes raisons de nous en tirer tout-à-fait.

Nous sommes trop paresseux et trop peu habile à nous servir des places pour prendre le soin d'y diriger nos efforts; et si nous n'avons pas les bénéfices, il ne serait pas juste d'avoir les charges.

Et si nous étions dans un parti ou dans une fraction de parti, il pourrait arriver que le chef de ce parti ou de cette fraction de parti jugeât à propos de disposer du parti, comme en Russie on vend une terre avec les paysans.

Et il y a en nous une fierté naïve qui se révolterait à voir que nous serions un instrument, une machine, un confident de tragédie.

L.

𝕸𝖆𝖌𝖉𝖊𝖑𝖊𝖎𝖓𝖊 à 𝕾𝖚𝖟𝖆𝖓𝖓𝖊.

Ce chagrin vague que je ressentais, ma Suzanne, était un pressentiment. Edward me quitte; il m'a traitée indignement.

Il m'a avoué un secret qu'il me cachait depuis long-temps, c'est qu'il est complétement ruiné; des folies incroyables, des spéculations hasardées et inutiles (puisque sa fortune et le peu que je lui en ai apporté suffisaient pour nous faire vivre dans l'aisance), l'ont jeté dans une situation dont il lui est presque impossible de sortir.

Il m'a appris qu'il avait emprunté à ton mari et à Stephen de fortes sommes qu'il lui est impossible de leur rendre, et que d'ailleurs il a d'autres créanciers qui exigent un prompt paiement.

Croirais-tu, Suzanne, que loin d'avoir pitié de la consternation où me jetait une nouvelle aussi inattendue, il a eu la basse cruauté de me dire que sans la folie qu'il a faite d'épouser une fille sans fortune, il ne serait pas où il en est, que moi et mes dépenses exagérées l'avons ruiné.

Et tu sais, Suzanne, si j'ai fait des dépenses exagérées, et d'ailleurs ai-je jamais hésité à me conformer à ses moindres avis?

Je suis bien triste, ma Suzanne; je ne sais encore quel parti il prendra, ce qui m'inquiète le plus c'est le sort de mon enfant.

Crois-moi, Suzanne, ce revers de fortune ne me découragerait pas ainsi sans l'ignoble injustice de mon mari.

LI.

Magdeleine à Suzanne.

ENCORE une scène horrible, Suzanne; il
veut me quitter, m'abandonner avec mon enfant; il veut prendre la fuite. Je me suis jetée
à ses genoux; malgré mes prières et mes pleurs,
il est parti; il m'a dit qu'il reviendrait dans
trois heures; la troisième heure est passée,
et il ne revient pas.

Depuis hier j'ai repassé toute ma vie avec amertume. Suzanne, la voilà perdue, cette fortune à laquelle j'ai sacrifié un amour si pur et si vrai, le bonheur et la vie de ce pauvre Stephen, et peut-être aussi mon bonheur à moi; car je l'aimais, Suzanne; et quel homme jamais mérita plus d'amour! Tout le monde l'aime et l'honore, et moi seule, moi, à laquelle il avait donné toute sa vie, en échange de tant d'amour, je l'ai abreuvé de douleurs que je comprends mieux à présent que je suis malheureuse.

Je t'écris, ma Suzanne; car il faut que ma douleur s'épanche dans un cœur ami, et je n'ai que toi au monde.

LII.

Magdeleine à Suzanne.

> M. *** offre à ses créanciers rien pour cent.
> Léon Gorlay.

COMMENT se fait-il, Suzanne, que tu ne me réponde pas? Ton silence me donne les plus grandes inquiétudes : es-tu malade, ou es-tu encore plus éloignée de moi? Les affaires de ton mari t'ont-elles entraînée à l'autre extrémité de l'Allemagne ou peut-être hors de l'Allemagne?

Je frémis à la pensée de ton éloignement, car je vais être bientôt seule et abandonnée, et j'aurais bien besoin de toi.

Les affaires d'Edward ont si mal tourné qu'il a été forcé d'avoir encore une fois recours à Stephen, auquel il doit déjà de très fortes sommes. Stephen a eu la générosité de faire de grands sacrifices, et les dettes sont à peu près payées.

Il y a quelques jours il a dit à Edward : « Ce n'est pas tout, il faut maintenant que tu reconstruises ta fortune; l'électeur a besoin d'un homme habile pour une mission commerciale; je vais aller à la résidence pour te la faire obtenir. »

Huit jours après est arrivé un paquet cacheté de noir et scellé d'un cachet que je lui avais donné autrefois; il renfermait les instructions pour Edward.

Je ne sais pourquoi, chère Suzanne, la vue de ce cachet m'émut d'une manière extraordinaire. Depuis que je le revois j'ai remarqué qu'il se sert toujours de cire noire; et ce cachet, je me rappelle encore dans quelle occasion je le lui ai donné; il était blessé; il avait fait une grande route à pied pour me voir un instant dans le jardin de mon père , je ne pus y descendre, et lui jetai une lettre dans laquelle j'avais mis ce cachet pour que le vent ne l'emportât pas.

Je ne sais s'il a eu par ce symbole l'intention de me faire un reproche, de me montrer à la fois et ce qu'il a souffert pour moi et le bien qu'il me fait ; mais quelle que soit son intention , le reproche est entré dans mon cœur.

Edward ne peut m'emmener avec lui ; il part dans un mois. Dans cinq semaines je serai auprès de toi; c'est près de toi que j'attendrai son retour.

De grâce , ma Suzanne , réponds-moi sans différer.

LIII.

Magdeleine à Suzanne.

Voici deux lettres que tu recevras presque en même temps.

Pour t'écrire, je me suis enfermée; mon cœur est encore serré de la journée d'hier.

Il faisait hier beau soleil; à peine faisait-il jour que Stephen arriva avec sa voiture; il réveilla tout le monde dans la maison, et parvenu à notre chambre, fit lever Edward, et me pressa en se retirant de me lever aussi. Il voulait nous faire voir sa petite maison sur le bord de la rivière.

Ils sortirent tous deux, et je m'habillai; la figure de Stephen était toujours devant mes yeux.

Il était entré riant, mais quand il s'était trouvé près de notre lit, probablement par un bizarre effet de lumière, sa figure avait paru horriblement contractée d'un sourire cruel, et ses yeux flamboyans semblaient plus pénétrans que l'acier; mais il se retourna, et il avait encore le même air riant qu'il portait sur son visage en entrant. Quoiqu'il fût bien évident que l'obscurité avait causé cette illusion, j'en étais frappée d'autant plus qu'il me semblait me souvenir que déjà, dans une autre circonstance, j'avais vu sur sa figure le même sourire; j'y pense aujourd'hui encore, et j'attribue cela à une erreur de mes yeux, car Edward, qui le regardait, ne s'en est pas aperçu.

Quand je fus prête, nous trouvâmes dans la cour une voiture pour Edward et pour moi, et pour lui son cheval.

Je regardai souvent Stephen; il avait l'air heureux; son teint était clair, et ses yeux doux et calmes.

Il semblait éviter de parler, et se tenait presque toujours en avant ou en arrière.

Un moment, Edward, qui conduisait, faillit jeter la voiture dans un fossé. Stephen nous rejoignit rapide comme l'éclair; et d'un ton de colère, s'écria : « Maladroit ! » puis à moi, avec intérêt, « Vous n'avez pas eu mal, n'est-ce pas ? »

Le danger que nous avions couru d'une chute grave l'avait ému, mais presque aussitôt il reprit son air d'indifférence et partit en avant.

De loin il nous montra sa maison; elle est presque entièrement cachée par de gros arbres dont le feuillage, à cause de la saison peu avancée, est encore d'un vert tendre et transparent; elle est petite et jolie, blanche, avec des volets verts. Il me revint à l'idée qu'une fois, long-temps avant que je visse Edward pour la première fois, nous étions convenus, Stephen et moi, que nous aurions une maison blanche avec des volets verts. Ce souvenir me jeta dans une rêverie qui ne se dissipa qu'en

arrivant devant la maison ; elle est délicieuse-
ment placée sur un coteau au pied duquel
coule la rivière.

Stephen, à la manière des bateliers, hêla :
« *Ohé, Fritz !* »

Un bateau se détacha de l'autre rive. Pendant que le batelier traversait la rivière, je me
rappelai ce nom de Fritz ; il me l'avait écrit
un jour, en me parlant de l'attendrissement
que lui avait causé la vue de Fritz entouré de
sa famille ; alors ce pauvre Stephen pensait
aussi à une famille.

Fritz arriva ; ils se serrèrent la main avec
amitié. Je crus même remarquer, et avec peine,
plus d'affection en Stephen pour Fritz que
pour Edward.

« Stephen, dit Fritz, il y a long-temps que
nous ne vous avons vu ; et le domestique que
vous m'avez envoyé hier a été bien reçu. »

A ce moment une autre barque se détacha
de la rive opposée.

« Allons, dit Fritz, ce sont les enfans ; la
mère n'a pu les retenir ; ils vous ont reconnu.
Regardez l'aîné, Jehan, il n'a pas quatorze ans,
et c'est déjà un vigoureux rameur. »

Les enfans abordèrent, et tandis que Fritz

allait ouvrir la maison ils entourèrent Stephen
et l'embrassèrent.

« Bonjour, Stephen ; je te remercie bien des
beaux habits que tu nous as envoyés. — Et
moi, des jolis moutons. — Tu verras ma chè-
vre : elle me suit partout ; elle voulait venir
avec moi, mais maman n'a pas voulu. —
Maman nous a dit de t'embrasser pour elle. »

Et ils s'empressèrent de débrider son cheval. « N'est-ce pas, Stephen, que *Freischutz*
n'est pas méchant ?

— « Non, dit le plus grand des garçons ;
et d'ailleurs il me connaît bien » ; et ils con-
duisirent le cheval à l'écurie.

Stephen se retourna vers nous, et dit :
« Ils m'aiment bien. »

Nous arrivâmes dans le jardin ; une table
était toute dressée pour le déjeuner ; il y avait
des couverts pour nous, pour Fritz et tous les
enfans , et un de plus.

« Fritz , dit Stephen, où est donc votre
femme ?

— « Elle va venir, dit Jehan, l'aîné des
garçons ; elle va venir avec la petite sœur ;
elles se font belles toutes les deux. Je vais
aller les chercher. »

II.　　　　　　　　　　17

Pendant que l'on attendait la femme de Fritz, Stephen me fit voir le jardin. Edward s'occupait de déboucher les bouteilles et aidait Fritz pour la disposition des plats.

Il me montra d'abord un petit berceau et sous le berceau un banc étroit. « Magdeleine, me dit-il, je l'avais fait pour nous deux. » Puis nous passâmes près d'un bassin entouré d'un treillage.

« C'était, me dit-il, pour que nos enfans ne tombassent pas dans l'eau; c'est vous qui en aviez eu l'idée », ajouta-t-il.

Puis, en approchant de la maison, je vis un parterre planté de tulipes et de jacinthes et d'anémones : « C'était pour M. Müller, me dit-il, qui devait être notre père à vous et à moi. »

J'étais émue au dernier point; je n'osais entrer dans la maison; il me fit signe d'entrer; il y avait dans son regard quelque chose de tendre et d'impérieux à la fois; je cédai involontairement.

« En bas, dit-il, la cuisine et la salle à manger; c'est vous qui m'aviez donné le plan de cette maison. » Au premier étage il n'ouvrit qu'une porte. « C'est mon cabinet de travail. » Et plus haut : « Voici la chambre destinée à M. Müller, et celle-ci elle était pour mon frère qui est mort. » Sa voix était profonde et touchante comme chaque fois qu'il parle de son frère. Nous descendîmes : il s'arrêta devant la porte qu'il n'avait pas ouverte ; il l'ouvrit, et nous entrâmes ; il referma la porte et ne me dit rien. Mais je vis que cette chambre avait été préparée pour lui et pour moi. Elle est tendue de bleu, ma couleur favorite, et il y a dedans une foule de choses à l'usage d'une femme ; mon cœur était plein de larmes ; je levai les yeux sur lui, et je crus voir ce sourire du matin. Un froid mortel me courut partout le corps, mais c'était une illusion ; car d'une voix calme, il me dit : « Allons rejoindre Edward. »

La femme de Fritz était arrivée ; on se mit à table ; le déjeuner fut gai et abondant.

Stephen nous dit en parlant de Fritz et de sa famille : « Ils étaient mes amis quand j'étais pauvre et malheureux, ils ne m'ont jamais abandonné. » Ce mot me fit mal ; c'était un reproche juste, car je l'ai abandonné ; je l'ai lâchement abandonné.

« Grâce à vous, dit Fritz, notre petite maison est rebâtie, j'ai un bon bateau neuf ;

moi, ma femme et mes enfans, nous sommes nippés comme des princes, et j'ai des filets comme aucun pêcheur n'en possède à trente lieues à la ronde. Voyez ces beaux pigeons blancs qui voltigent sur notre toit; et encore il y a deux vaches dans notre étable, et des lapins derrière la maison : c'est à vous que nous devons tout cela. »

Et à ce souvenir les enfans se levèrent et vinrent l'embrasser, Fritz et sa femme lui pressèrent les mains.

« Nous sommes bien heureux, dit-elle, et nous voudrions bien vous voir aussi heureux que nous. Il faut vous marier, avoir une femme belle comme madame, dit-elle en me désignant; une femme qui vous aimera comme j'aime mon Fritz. Eh, qui ne vous aimerait pas ? dit-elle.

— « Oui, dit Jehan, l'aîné des garçons, tu auras des enfans; je leur apprendrai à nager et à ramer, comme tu nous l'as appris, et nous les aimerons bien ; ce seront des frères de plus pour jouer avec nous et danser le dimanche; nous leur donnerons les plus beaux fromages et les plus beaux fruits, et nous aurons bien soin d'eux pour qu'il ne leur arrive pas d'accidens. »

La femme de Fritz fit signe aux enfans de se taire, car Stephen pleurait.

Oh! Suzanne, quel reproche pour moi! Comme ces gens m'auraient maudite s'ils avaient su que c'est moi qui ai privé leur ami d'un bonheur pour lequel il était si bien fait!

Je ne pouvais plus rester, j'étouffais; heureusement, Stephen, aidé de Fritz, alla remettre les chevaux à la voiture; puis il embrassa tout le monde, et remonta sur son cheval gris, que les enfans lui amenaient, et qu'ils caressaient et embrassaient aussi.

LIV.

A Magdeleine, le mari de Suzanne.

MA CHÈRE MAGDELEINE,

Suzanne a été dangereusement malade, l'extrême irritabilité de ses nerfs a engagé les médecins à me recommander d'éloigner d'elle la moindre émotion. Aussi, je lui ai dit que vous voyagiez avec votre mari, et je garde pour le moment où elle sera rétablie une grande quantité de lettres que j'ai reçues de vous pour elle.

Cependant, j'ai pris la liberté d'en ouvrir une au hasard, quoique je sois loin de vouloir m'immiscer dans les secrets de votre amitié; c'est celle où vous dites à Suzanne que vous serez près de nous dans cinq semaines; ce sera pour elle une heureuse convalescence, et je vous en serai pour ma part très reconnaissant. Mais je crains que Suzanne ne soit pas assez forte pour porter cette joie; retardez de quinze jours votre arrivée, et puis restez auprès de nous le plus long-temps possible, et soyez persuadée que vous avez deux bons amis, qui béniraient presque les malheurs qui vous pourraient arriver pour l'occasion qu'ils leur donneraient de vous prouver leur attachement et leur tendre affection.

LV.

C'était la veille du départ d'Edward, par une belle soirée de printemps.

Dans la maison, on faisait les malles.

Magdeleine était mélancolique et très abattue; Edward, indifférent et presque gai. Il y a pour l'homme un grand charme à changer de place; au départ de la diligence, ceux qui partent sont toujours animés et joyeux, quand ils quitteraient leurs parens et même leurs amis; pour celui qui reste, le départ même

d'un indifférent attriste et donne envie de
pleurer.

Pour Stephen, il était sombre et fiévreux,
ses yeux étaient ardens et enfoncés dans leur
orbite; néanmoins, il affectait un grand calme,
et parlait plus que de coutume, ainsi qu'il
arrive à un homme ivre.

Comme on devisait de choses et d'autres,
on vint à parler d'une femme de chambre que
Magdeleine avait chassée.

«Pourquoi?» demanda Stephen.

Magdeleine voulait dire qu'elle s'était abandonnée à un jeune homme de la ville avant le
le mariage; elle chercha une tournure, et dit:
«Elle a manqué scandaleusement au premier
devoir de notre sexe.»

Stephen sourit, et dit: «Je sais toute l'histoire; seulement l'expression consacrée dont
vous vous servez est au moins bizarre.

«Il est assez adroit de vous être fait un devoir de ce qui n'est qu'une dégradation de
votre seul devoir, à vous autres femmes: de
l'amour;

«D'avoir donné le nom de vertu à ce qu'il
y a de plus vil et de plus ignoble.

«Voyez, en effet, avec impartialité ce qu'il

y a de plus grand et de plus beau dans deux exemples que je vais vous citer :

« Une fille qui, sans parler de mariage, s'abandonne aux caresses d'un homme, par son abandon, lui dit : Je me donne à toi, parce que je t'aime; je ne te demande aucun prix de mon amour, ni aucune garantie de la durée du tien ; je sais que tu m'abandonneras quand je ne serai plus belle, ou quand une autre te plaira davantage, parce qu'elle sera plus belle, ou seulement parce qu'elle sera une autre. Si je te demandais de m'épouser, ce serait te faire acheter, par la contrainte et les chaînes de l'avenir, le bonheur du présent : l'amour ne vend pas, il donne. Je me donne à toi pour ton bonheur et pour le mien; et pourtant je m'expose à rester flétrie et déshonorée à tel point qu'un autre homme ne voudra pas de moi. Pour un moment de ta vie que tu me donnes, je te donne toute la mienne : car de tes caresses peut-être aurai-je un enfant dont la naissance et l'amour seront une honte pour moi. Pour l'amour d'un seul, pendant quelques instans, je m'expose au mépris de tous pendant toute ma vie; mais le plaisir que je te donne est assez payé par le plaisir que je reçois.

« Voilà ce que dit la concubine.

« Écoutez l'autre maintenant :

« Je t'aime si peu que moi, faible femme, je modère mes désirs, et les fais céder aux soins de mes affaires; voilà ce que je t'offre : tu veux me posséder, tu veux avoir mon corps; il faut l'acheter.

« Pendant toute ma vie tu me nourriras, tu me vêtiras, tu renonceras à tous les plaisirs que je ne puis partager avec toi. Je serai vieille et ridée quand tu seras encore jeune et vigoureux; n'importe, tu m'aimeras ou du moins tu n'en aimeras pas d'autre.

«Tu auras mon corps pendant qu'il est jeune, ferme, rose; tu me donnes en échange le tien, jeune, ferme et vigoureux; mais ce n'est pas assez, il faut que tu t'engages à m'aimer encore et à me caresser quand je serai vieille, et que tu seras encore jeune.

« Maintenant, comme tu trouves peut-être que je me vends un peu cher; moi, qui ne t'aime pas, je vais tranquillement allumer tes sens et exciter tes désirs par des grimaces décorées de nom de pudeur, par des demi-caresses, par une parure menteuse qui me montre plus belle que je ne le suis : tu ne sauras ce que tu achètes que quand le marché sera irrévocable.

« Voilà ce que dit la demoiselle à marier.

« Vous voyez la différence : la concubine se donne, l'autre se vend. La demoiselle à marier fait une bonne affaire, l'autre en fait une mauvaise ; la première est vertueuse et honorée, l'autre méprisée et coupable.

« Que vous en semble ?

« La prostitution est-elle autre chose que l'union des sexes sans amour ?

« Vous voyez que la femme mariée s'est presque toujours prostituée, et que cette fille que vous méprisez n'a pu le faire. »

LVI.

L'échéance.

Un vent tiède secoue les parfums des fleurs sur le gazon, et balance les panaches verts des arbres, et le soleil caresse la terre toute rose de bruyères fleuries.

Edward est parti depuis le matin, et traverse pendant l'ardeur du jour une forêt où les oiseaux se sont réfugiés ; mais la route est large, et un côté seul a de l'ombre ; son cheval marche au pas.

Magdeleine est allée s'enfermer dans la maison de son père jusqu'au moment où elle ira joindre Suzanne ;

Et Stephen est parti pour la résidence.

Mais tandis qu'Edward chevauche lentement, le trot d'un cheval le fait retourner : c'est Stephen qui le rejoint. Stephen est pâle, il a marché vite, et son beau cheval gris a les oreilles et le col baissés.

« Je ne suis pas allé à la résidence, dit-il à Edward, j'ai préféré faire avec toi une partie de la route. »

Et tous deux au pas suivent la grand' route dans la forêt.

Un vent tiède secoue les parfums des fleurs sur le gazon, et balance les panaches verts des arbres, et le soleil caresse la terre toute rose de bruyères fleuries.

« Que cette nature est riche, dit Stephen, avec son soleil, ses arbres verts, son ombre fraîche et ses fleurs aux brillantes couleurs et aux suaves odeurs, plus belles que des cassolettes d'or et d'émeraudes, et de rubis !

« Que ce vent est bon dans les cheveux !
Que ce silence est majestueux ! La nature est
le seul ami qui ne nous abandonne jamais ;
le seul bonheur qui nous reste fidèle.

« Tous les bonheurs, tous les plaisirs, changent d'aspect à chaque pas que nous faisons
dans la vie. On ne peut goûter le même bonheur deux fois ; à la seconde fois, il est fade et
décoloré.

« Mais chaque printemps nous ramène la nature en habits de fête, toujours la même, et
nous donnant toujours les mêmes impressions.

« J'envie le bonheur de ces brillans insectes
qui meurent ou s'engourdissent lorsque tombent les feuilles et se fanent les fleurs ;

« Qui meurent du premier froid qui tue
les fleurs, d'un même coup, d'une même mort.

« Chaque fois que je vois l'été, il me semble
que je ne pourrai me résigner à supporter
aussi un hiver : l'hiver est un long et pénible
enfantement du printemps qui doit suivre.

« Mais cette nature, qu'elle doit sembler
belle cette année à l'homme qui ne doit plus
la revoir, au criminel condamné à mourir ! »

En prononçant ces derniers mots, il regarde Edward avec ce ricanement muet qui avait fait tant de peur à Magdeleine.

Un vent tiède secoue les parfums des fleurs sur le gazon, et balance les panaches verts des arbres, et le soleil caresse la terre toute rose de bruyères fleuries.

« Comme il serait cruel, ajoute-t-il, de mourir au milieu de cette belle fête que la nature donne à l'homme! Vois, Edward, comme tout cela est beau! vois dans le gazon touffu les fleurs blanches et les fruits rouges des fraisiers! Respire les parfums qui s'exhalent autour de nous, et sous nos pieds, et sur nos têtes, et ce concert harmonieux du vent dans les feuilles, du bourdonnement des abeilles et des oiseaux qui chantent à demi-voix!

« Vois toutes ces fleurs; un manteau de roi avec ses pierres précieuses en broderie est bien pâle auprès.

« N'est-ce pas qu'il serait cruel de mourir avant l'hiver?

— « Il y a, dit Edward, quelque chose de plus beau encore; c'est l'amitié, et c'est elle qui occupe en ce moment mes pensées. Sans toi, je serais honteusement ruiné et fugitif, tandis que j'ai un espoir fondé de rétablir promptement mes affaires.

— « Oui, répond Stephen, c'est une belle chose que l'amitié; c'est la chose la plus sainte de toutes, après l'amour; elle rend la vie légère à porter, car deux amis partagent toutes leurs souffrances et tous leurs bonheurs. N'est-ce pas, Edward, chacun met son bonheur dans celui de l'autre, et s'efforce de prendre la plus grosse part des souffrances et la plus petite des plaisirs? Deux amis voient à découvert dans l'âme l'un de l'autre; ni la fortune ni l'ambition ne peuvent les séparer, ce sont deux existences enlacées. Jamais un ami n'écraserait sous ses pieds le cœur de son ami, ne se jouerait de ses plus naïves affections, ne tuerait sa félicité et sa vie, ne lui déroberait son bonheur, ne viendrait recueillir comme un voleur ce que l'autre aurait semé de joies pour le reste de sa vie; il ne voudrait pas rendre à son ami l'existence si amère, que le pauvre homme ait envie de la cracher chaque fois qu'il respire; il ne voudrait pas laisser son ami dépouillé de croyances et nu au milieu des ronces, n'est-ce pas? »

Et encore il ricane amèrement.

Un vent tiède secoue les parfums des fleurs
sur le gazon, et balance les panaches verts
des arbres, et le soleil caresse la terre toute
rose de bruyères fleuries.

Edward est distrait; Stephen continue :

« Mais plus les choses sont saintes, plus
celui qui les profane doit être puni; la loi est
plus sévère contre l'homme qui vole une pa-
tène d'étain que pour celui qui vole une sou-
pière d'argent.

« Il n'y a rien de si méprisable que le faux
ami, celui qui accepte tous les dévoûmens,
tous les sacrifices, et qui n'a rien de pareil
dans son cœur à donner en échange.

« Mais que dire de celui qui profite de ce
qu'on lui montre une poitrine nue pour frapper plus sûrement au cœur? de celui qui ne
se contente pas de frapper au cœur, mais le
déchire lentement avec les dents et avec les
ongles? celui-là, il faut le tuer, parce qu'on
n'a rien trouvé de pire que la mort, ou plutôt
parce qu'il n'a pas d'âme que l'on puisse à son
tour déchirer avec les dents et les ongles, et
broyer sous les pieds. N'es-tu pas de mon
avis, Edward? »

Edward, depuis quelques instans, le regarde avec étonnement, car Stephen est pâle comme une figure de marbre, et ses yeux jettent du feu.

« Qu'as-tu ? Stephen.

— « Rien ; mais dans ton esprit, repasse notre vie, vois ce que je t'ai donné et ce que tu m'as rendu : moi, une vive et franche amitié, le dévoûment le plus complet ; toi, la perfidie et la trahison !

« Tu m'as pris la femme qui faisait ma joie et mon espoir, pour laquelle j'avais subi la pauvreté et les humiliations, et la faim ! Tu me l'as prise sans te soucier si, avec elle, tu m'arrachais le cœur et les entrailles ; et encore peut-être t'aurais-je pardonné si tu l'avais rendue heureuse ; mais tu l'as condamnée à la ruine et à la misère : après tout ce que j'avais souffert, il m'a fallu endurer ses souffrances à elle, plus douloureuses peut-être que les miennes propres.

« Et, ajoute-t-il en ricanant, tu croyais que, pour prix de tout cela, je te ferais heureux et riche, que je serais comme le chien qu'on bat et qui rampe en léchant le pied qui l'a frappé...

« Non, non, tu vas tout payer ! »

. Edward, étourdi, voulut articuler quelques mots. Stephen continua :

« Tu vas tout payer.

« D'abord, je voulais te tuer avec mes mains : je ne voulais pas la longueur d'un fer entre toi et moi, je voulais sentir les coups que je te porterais ; mais on appellerait cela un crime, on me mettrait en prison, on me tuerait ; et j'ai encore quelque chose à faire, pourquoi j'ai besoin de ma vie et de ma liberté.

« Je te laisse quelques chances. »

En disant cela, il déroule son manteau et en sort deux épées.

« Je vais te donner une de ces deux épées : tu te défendras si tu peux ; mais tu vas signer ce papier dont j'ai besoin si l'on trouve ton corps après que je t'aurai tué. »

Et il lui présente un papier à signer. Il est ainsi conçu : « Je me bats avec Stephen à armes égales. »

« Si tu refuses de signer, je ne te donnerai pas l'épée, et je te tue sans défense. »

Edward signe et veut parler.

« Silence ! dit Stephen ; défends ta vie, si tu veux ; mais tu ne le pourras, je vais te tuer ;

il y a un an que j'ai résolu de me venger, et chaque jour j'ai passé quatre heures à m'exercer avec cette arme.

« Dis adieu au soleil, à la verdure, à tout ce que tu aimais : tout cela est perdu pour toi.

— « Je ne me battrai pas avec toi, dit Edward.

— « Si, car je te tuerais, répond Stephen.

— « Eh bien! puisque tu le veux, nous nous battrons; mais cette escrime m'est familière autant qu'à toi. »

Ils ôtent leurs habits et se mettent en garde, assurant bien leurs pieds sur la terre, silencieux, et les regards sanglans.

Un vent tiède secoue les parfums des fleurs sur le gazon, et balance les panaches verts des arbres, et le soleil caresse la terre toute rose de bruyères fleuries.

Les fers se croisent et se choquent, se cherchent et se fuient, et se trompent.

Edward, en effet, est habile, mais la fureur calme de Stephen l'écrase; il se bat avec désespoir, deux fois Stephen a fait couler son sang.

Alors Edward devient un lion, il bondit en

rugissant et presse Stephen, qui est forcé de
reculer.

Stephen tourne lentement, le fait marcher,
et Edward peut voir son ricanement, car
Stephen est arrivé à son but : Edward reçoit
les rayons du soleil dans les yeux ; il est ébloui,
aveuglé, il se défend au hasard en reculant, et
Stephen lui plonge son épée dans la poitrine ;
il tombe, et le sang ne coule pas ; il s'épanche
au-dedans et l'étouffe.

Stephen remonte à cheval, pâle et les cheveux hérissés, et s'enfuit enfonçant les deux
éperons dans les flancs de son cheval.

Un vent tiède secoue les parfums des fleurs
sur le gazon, et balance les panaches verts des
arbres, et le soleil caresse la terre toute rose
de bruyères fleuries.

LVII.

Wergiss-mein-nicht.

C'est d'après le conseil de Stephen que Magdeleine était allée habiter la maison de M. Müller; là elle resta quatre jours seule: elle retrouva le nom de Stephen et le sien gravés sur l'écorce du tilleul; elle retrouva tous les souvenirs de son naïf et poétique amour pour Stephen.

Pour lui, il avait besoin de ce temps pour

se remettre de l'émotion violente qu'il avait éprouvée, et d'ailleurs il voulait laisser à Magdeleine quelques jours de solitude, à se livrer sans défiance à ses souvenirs.

Car c'est surtout quand il n'est pas là qu'une femme aime l'amant auquel elle ne s'est pas donnée, parce qu'alors elle n'a rien à craindre de lui, elle s'abandonne sans restriction à l'ineffable douceur d'aimer.

Et en effet, c'est un bonheur d'aimer, tel, qu'il nous semble étonnant de voir des femmes demander de la reconnaissance pour l'amour qu'elles donnent, comme si elles n'étaient pas assez récompensées non seulement par l'amour qu'elles inspirent, mais aussi par celui qu'elles éprouvent.

C'est pour profiter de l'effet de cette solitude sur le cœur et l'esprit de Magdeleine que, le quatrième jour, qui était le jour de naissance de Magdeleine, il envoya devant lui un homme chargé de lui porter de l'aubépine et des wergiss-mein-nicht, en souvenir de leurs anciennes amours.

.Ce jour-là, il voulut repasser aussi ses souvenirs, et il alla voir la petite chambre qu'il avait occupée quand il était professeur ;

Quand il était si pauvre et si heureux d'espérance, si riche d'avenir.

Puis en s'en allant ;

Couché au soleil, près de la haie, il vit Vil-
hem Girl qui fumait tranquillement sa pipe.

Il avait pris ses précautions pour arriver
près de Magdeleine peu de temps après son
messager ; il la trouva sous l'allée de tilleuls,
tenant à la main le bouquet qu'elle venait de
recevoir, livrée à une vive émotion, et sans
s'en apercevoir laissant couler ses larmes.

A son aspect, elle les essuya et lui dit :
Edward ?

Stephen sentit ses dents grincer en entendant que c'était le premier mot qu'elle eût à lui
dire ; mais il répondit doucement : « Il doit
être en route et à moitié chemin » ; puis il s'assit près d'elle, et ils restèrent long-temps sans
parler ; l'enfant d'Edward et de Magdeleine le
reconnut ; il lui donna quelques friandises.

Un long silence régna encore.

« Magdeleine, dit Stephen, ce jour ne vous
rappelle-t-il rien ?

— « Oh si ! et il n'est pas généreux à vous
d'avoir ranimé ce triste souvenir en m'en-
voyant ce bouquet.

— « Pourquoi, Magdeleine ? si votre vie présente appartient à votre époux, votre vie passée est à moi ; il n'y a rien dans ces souvenirs
qui blesse vos devoirs. Ce jour que nous nous
rappelons tous les deux, nous étions ici, sous
ces mêmes arbres, près l'un de l'autre comme
aujourd'hui. Oh ! Magdeleine, que la vie alors
était belle pour moi ; que j'étais fort avec
votre amour ! »

Il y eut encore un silence, pendant lequel
tous deux recherchèrent leurs souvenirs sans
se les communiquer.

Puis Stephen :

« Oui, c'était beau ; mais plus tard, quelle
amère déception, quelles horribles souffrances ! Je ne sais, Magdeleine, mais je crois
que pour votre bonheur propre vous avez eu
tort ; vous avez dans le cœur trop de noblesse
et de poésie ; le cœur de celui que vous avez
choisi pour votre époux n'est pas en harmonie avec le vôtre.

« Et moi, je vous aimais tant, je vous aurais
tant aimée ; toute ma vie n'aurait été employée qu'à vous rendre heureuse. »

Il se leva, et fut plusieurs jours sans revenir.

Il lui avait conseillé de ne voir personne, sous un prétexte de bienséance, mais en vérité pour la laisser dans la solitude, livrée entièrement à ses souvenirs et aux émotions qu'il lui laissait.

LVIII.

« Oui , Magdeleine , dit-il un jour, j'ai bien souffert; toute ma force , toute mon énergie se sont usées dans les larmes et les nuits sans sommeil.

« Vous avez été envers moi plus cruelle , mille fois , que si vous m'aviez assassiné à coups de couteau.

« Vous ne compreniez pas l'amour, Magdeleine ; vous ne sentiez pas que lui seul commande; que les lois divines et humaines, devoirs, bienséance, patrie, honneur, amis, parens, tout s'évanouit devant lui.

« Vous auriez été si heureuse, Magdeleine ; jamais divinité n'a été adorée comme je vous adorais ; je n'avais pas d'autre religion que vous ; vos regards fécondaient mon âme plus que le soleil ne féconde la terre.

« Oh ! Magdeleine, si vous m'aviez aimé !

« Pour vous j'avais arraché de mon cœur tous les amours, toutes les pensées, et pour prix de tout cela, vous m'avez fait éprouver des tortures qu'il est impossible d'exprimer. Vous m'avez fait perdre ma croyance à l'amour ! »

LIX.

Une Nuit.

UNE nuit qu'avait précédée une conversation de ce genre, Magdeleine ne dormit pas : la pauvre femme depuis long-temps, quand elle dormait, c'était d'un sommeil fatigant et agité ; elle comprenait l'amour, et elle le ressentait avec d'autant plus de force et de désespoir qu'elle le voyait impossible, et qu'elle ne se

défendait pas de ses émotions, parce qu'elle
se comprenait bien coupable envers Stephen.

Oh ! se dit-elle, il a raison ; l'amour est
plus fort que tout ; que sont auprès de lui
les vaines exigences du monde ? cette richesse
à laquelle j'ai sacrifié lui et moi. Malheureuse !
je le comprends trop maintenant, ce bonheur
qu'il m'offrait et que j'ai repoussé ; et lui,
l'infortuné, que de mal je lui ai fait ! que de
reproches amers me font son regard triste,
ses joues creusées, son front sillonné de rides,
et les larmes qui quelquefois roulent dans ses
yeux !

Oh ! si je pouvais, par le sacrifice de ma vie
effacer toutes ces douleurs, avec quel bonheur je mourrais ; car je l'aime, je l'aime de
toutes les forces de mon âme ; il est si grand,
si noble, son esprit et son âme sont si élevés
au-dessus des autres hommes ; son regard a
tant de feu et d'amour, et plus que tout cela
il m'aimait tant ; il m'aime encore.

Oui, oui, j'ai un devoir à accomplir ; lui
et moi, nous souffrons ; nous souffrons horriblement : il n'y a pas de remède à nos maux,
car je suis mariée.

Mais nous pouvons réunir nos douleurs,

les supporter ensemble, je veux lui dire que
je l'aime, que je l'adore.

Et j'implore sa générosité.

Il n'abusera pas de mon cœur, nous souf-
frirons, nous pleurerons ensemble, et il sera
moins malheureux, il croira encore à mon
amour; il aura une âme sœur de la sienne,
une âme qui le comprendra.

Et le lendemain quand Stephen vint, elle
lui dit :

« Je vous ai fait bien mal, Stephen, et je
comprends tout ce que vous avez souffert ;
mais vous êtes vengé, car je souffre bien aussi.

« Je suis mariée ; je suis mère ;

« Et je vous aime ; oui, Stephen, je vous
aime, et jamais je ne serai à vous.

« Je vous aime, et mon amour est un crime,
un crime qui déshonore moi, mon mari et
mon enfant.

« Maintenant, mon ami, réunissons nos
douleurs et portons-les ensemble, élevons-
nous par le courage et la vertu au-dessus du
sort qui nous a si rigoureusement frappés. »

—« Du courage ! de la vertu ! dit Stephen ;
à quoi bon ? où en est la récompense ? Oh !
Magdeleine, tu m'aimes ; que les préjugés

des hommes ne viennent pas encore se placer entre nous. »

Il la pressa sur sa poitrine, leurs lèvres se touchèrent; mais Magdeleine devint glacée d'effroi. Stephen s'en aperçut, et la quitta.

LX.

Sous les Tilleuls.

Quelques jours se passèrent ainsi. Magdeleine était bien malheureuse : le baiser de
Stephen brûlait sa bouche et son cœur, et ses
entrailles.

Épouse d'Edward, elle connaissait les plaisirs des sens; mais elle ne savait pas tout ce
que l'âme y ajoute de céleste.

La nuit, il n'y avait plus de sommeil pour

elle, les désirs la dévoraient; elle se roulait en pleurant sur son lit, invoquant contre le feu qui la brûlait, Dieu et la mémoire de son père.

Stephen, qui long-temps avait eu des maî-tresses qui ne lui inspiraient pas d'amour, avait étudié froidement les femmes; aussi s'apercevait-il à la fatigue et à la pâleur du jour, du désespoir et des tourmens de la nuit. Il excitait cette impression par des caresses qui ne pouvaient alarmer Magdeleine, ne voulant rien risquer, et attendant qu'elle s'abandonnât tout-à-fait.

Il mettait son esprit à la torture pour comprendre comment elle pouvait garder tant de réserve avec lui; enfin, il avisa que près de lui l'idée de ses devoirs et da crainte de succomber étaient assez fortes pour annuler et son amour au moral et ses désirs au physique, et qu'ils ne reprenaient leur empire sur elle que, lorsque seule, elle croyait pouvoir s'y abandonner sans danger.

Un jour il resta avec elle jusqu'au soir; il parla avec éloquence, avec entraînement, et la pressant sur son cœur, posa ses lèvres sur celles de Magdeleine.

« Oh! Stephen, lui dit-elle, je vous en prie, laissez-moi; allez-vous-en, je vous en supplie! »

Stephen obéit.

Et alors, seule, elle se prit à pleurer, prononçant à voix basse le nom de Stephen, et couvrant de baisers l'arbre sur lequel il avait posé la main, le gazon sur lequel il avait marché.

« O Stephen! disait-elle, je t'aime, je t'aime, je t'adore! »

Et elle tomba mourante sur l'herbe.

Stephen, qui avait escaladé le mur, était auprès d'elle; il la reçut dans ses bras et la couvrit de baisers.

« O Stephen, mon ange; grâce, grâce! aye pitié d'une pauvre femme qui n'a plus de force pour te résister!

« Oh! ce serait lâche d'abuser de ma faiblesse! je te haïrais, je te mépriserais... Laissez-moi, laissez moi, homme vil! Je vous hais, je vous méprise!...

« Non, non, grâce!

— « Sois à moi, dit Stephen; au milieu du monde, seuls tous les deux, que nous importe l'univers? »

Et il lui donnait les noms les plus tendres.

Et son éloquence et ses baisers vainquirent Magdeleine.

« A toi, Stephen, je suis à toi ! »

Et Stephen la prit dans ses bras, et sous ces mêmes tilleuls où autrefois elle avait promis d'être à lui, elle tint sa promesse.

Stephen alors avait oublié ses projets de vengeance : il mourait de bonheur dans les bras de Magdeleine.

Mais elle, des mots s'échappèrent de ses lèvres avec ses baisers : « Mon âme, ma vie ! » Stephen fut glacé, il la repoussa avec fureur ; mais elle était presque évanouie, et ne s'en aperçut pas.

Malédiction ! ces mots, c'étaient ceux que Stephen avait entendus à travers la cloison le jour du mariage de Magdeleine.

Et la pauvre femme, quand revenant à elle elle chercha le sein de Stephen pour y appuyer sa tête et y répandre les larmes qui l'oppressaient, elle ne vit qu'une horrible figure avec ce ricanement satanique qui l'avait déjà tant effrayée.

« Stephen, s'écria-t-elle, qu'as-tu ? Calme ce délire, tu me fais peur.

— « Ah! ah! dit Stephen, femme deux fois
adultère; car **tu** étais ma fiancée, à moi! as-tu
donc été assez folle pour croire que c'était par
amour que je voulais un baiser sur ta bouche
salie par les baisers d'un autre, que je voulais
presser dans mes bras ton corps souillé par
d'infâmes caresses?

« **Non, non!** mon amour était trop pur et
trop céleste; il n'était pas fait pour une
femme qui s'est honteusement prostituée, qui
a vendu son corps et ses caresses à un mari
riche.

« Il t'a achetée, tu es à lui; je n'achetais ton
amour que par de l'amour, et d'horribles souffrances, et le don de toute ma vie; tu m'as repoussé comme un chien. Tu t'es mise à l'en-
chère; il t'a achetée avec de l'argent, une
voiture, des schalls, et tu t'es vendue.

« Va voir comme je te l'ai fait, ton maître,
ton propriétaire : il n'avait trahi que l'amitié,
je l'ai tué; mais toi, tu as trahi l'amour, je
ne te tuerai pas, tu souffriras plus que lui.

« Ah! ah! tu avais dit : Il est bon, il m'aime,
je puis déchirer son âme, il pleurera, il sera
malheureux, et voilà tout.

« Mais il y avait encore en moi de l'éner-

gie, et je suis vengé. » Il disparut sous les tilleuls et passa par-dessus la muraille.

Magdeleine était tombée par terre évanouie.

LXI.

Magdeleine à Stephen.

Vous vous êtes conduit comme un homme vil; je ne l'aurais pas cru : vous m'avez lâchement assassinée, car c'est au moment où, oubliant pour vous tous mes devoirs, je me donnais à vous sans restriction, corps et âme, présent et avenir, que vous m'avez foulée aux pieds comme une bête venimeuse.

Malheur à vous ! cet amour pour lequel

vous aviez autrefois donné votre vie, vous l'avez perdu ; il n'a pas été remplacé par la haine, ce serait encore de l'amour, mais par le mépris.

Je vous ai cru grand et noble ; vous étiez vil et petit ; ce n'est pas à vous que j'ai donné mon amour, c'est à celui que je vous croyais être.

Vous avez cru m'écraser, et j'ai relevé la tête : votre puissance sur moi ne venait que de mon amour.

Votre mépris ne peut me souiller, car c'est vous qui vous êtes rendu méprisable. Ne faut-il pas un grand courage, une sublime énergie pour ramper comme le tigre qui guette une proie ?

Et quand vous auriez réussi à me flétrir, quel bien vous en reviendrait-il de n'avoir plus rien à aimer, ni à regretter sur la terre ?

Vous êtes un misérable ; ma honte retombe sur vous tout entière. Je vais rentrer dans le monde, où mon âge et ma beauté me rappellent, et vous étoufferez de rage de me voir aimée, admirée et respectée.

Ou si votre lâche haine me poursuit encore là ; si ce monde me refuse son estime et son respect, eh bien ! je me laisserai aller au courant ; je deviendrai une femme perdue et méprisable , telle que vous avez voulu me faire ; je remplirai la ville de mon déshonneur et de mon infamie ; je serai citée entre les prostituées , car moi aussi j'aime la vengeance ; et quand vous verrez où sera tombée une créature née pure et chaste , une âme où il y avait du bon et de l'honnête , un cœur assez noble pour comprendre et sentir l'amour tel que vous feigniez de le sentir , mon avilissement et ma dégradation vous humilieront : les crachats que l'on jettera sur moi rejailliront sur vous ;

Car c'est vous qui m'avez avilie et dégradée à mes propres yeux ; c'est vous qui avez jeté sur moi le premier crachat. Vous m'avez jeté de la boue ; je vais m'y rouler, et s'il vous reste assez de cœur pour comprendre ce que je souffrirai, moi si fière, vous aurez de la pitié et des remords.

LXII.

Magdeleine à Stephen.

J'ai bien pleuré depuis hier, et ma fièvre s'est calmée.

Aujourd'hui je suis tranquille et raisonnable, car j'ai pris une résolution, une résolution inébranlable. Vous avez eu tort, Stephen; vous avez pour vous et pour moi arrêté l'avenir, et cependant j'y voyais du bonheur : je rachetais l'égarement qui m'avait éloignée de vous par le sacrifice de ma réputation, de mes devoirs, de ma famille, de mes amis.

Car ce n'était pas clandestinement que je voulais me donner à vous; j'étais à vous tout entière, et j'aurais été à vous aux yeux de tous; car mon amour pour vous ne m'humiliait pas: je me croyais si digne d'être aimée, et vous m'avez tant aimée!

Et vous m'aimez encore; je comprends maintenant tout ce qu'il y a d'amour dans cette atroce vengeance. Oh! pourquoi avoir ainsi rendu l'amour impossible entre nous! J'avais tant d'amour à te donner en échange du tien; j'avais amassé tant de bonheur pour toi; je rêvais avec volupté à tout le mal que tu avais éprouvé à cause de moi, car j'avais à te rendre autant de baisers que tu avais versé de larmes: j'avais dans mon âme du baume pour toutes tes plaies. Dans ce qui nous restait à vivre ensemble, n'eût-ce été qu'un jour, j'aurais su te donner du bonheur autant qu'il en peut tenir dans la vie la plus longue.

Mon cœur débordait d'amour, et cette union qui t'a fait tant de mal ne t'aurait rien dérobé; car pour toi, j'aurais eu un cœur et des sens de vierge; avec toi, j'aurais recommencé la vie.

Nous nous serions enfuis tous deux ensemble, et dans un coin solitaire, seuls au milieu du monde, nous aurions épuisé l'amour; et après avoir vidé la coupe jusqu'à la dernière goutte, nous serions morts ensemble.

Vrai, Stephen, il y avait encore du bonheur pour nous, et il faut laisser la coupe pleine; car nous ne pouvons revenir sur le passé. Tu es plus malheureux que coupable; tu trouverais toujours entre toi et moi l'homme que tu as bien sévèrement puni; tu me verrais toujours flétrie par son amour, et je ne puis offrir à ton cœur une femme flétrie; en vain tu voudrais chasser cette image, elle te poursuivrait.

Je t'aime, Stephen; je t'aime encore, et ma dernière pensée, mon dernier soupir sera pour toi : je pleure avec toi tout ce que nous perdons de bonheur.

Quand tu recevras cette lettre, je serai morte; je meurs sans désespoir, calme et tranquille, parce que ma vie doit finir là où il n'y a plus pour moi de bonheur possible; seulement je voudrais mourir sans trop souffrir :

mes sens se révoltent à l'idée de cette mort
violente et de ses dernières angoisses; depuis
hier, je cherche quel genre de mort je dois
choisir pour supporter les douleurs les moins
longues et les moins aiguës.

Je meurs, et je te laisse de moi encore un
souvenir d'amour : c'est une consolation en
quittant cette vie qui pouvait encore être si
belle.

Peut-être, dans ton désespoir, tu voudras
aussi mourir, car tu m'aimes; et ta vengeance
me l'a dit plus que tout le reste.

Mais j'ai un legs à te confier : c'est mon
fils, c'est le fils d'Edward.

Ne le hais pas; il est innocent; pardonne-
lui le crime de sa mère, car je le comprends
maintenant, c'était un crime : je sais aujour-
d'hui tout ce que tu as dû souffrir. Tu as tué
son père : sa mère va mourir; ne le laisse
pas seul et isolé dans la vie; donne-lui un
asile et du pain; donne-lui l'amitié, qui est
encore plus nécessaire.

J'ai encore une grâce à te demander; quand
je serai morte, viens dire adieu à mon cadavre; viens me donner un baiser d'amour sur
ma bouche morte, un baiser de pardon et

d'adieu, car le seul que jamais j'aie reçu de toi était un baiser de haine et de vengeance.

Et maintenant que je suis près de la mort, il n'y a plus que mon âme qui te parle, écoute-là; elle est pure; elle n'a jamais été qu'à toi; mon corps seul a été souillé, et déjà elle s'en détache. Adieu, Stephen, adieu.

Je te remercie, car tu m'as bien aimée. Oh! j'ai encore un espoir; si notre âme vit après notre corps, nos deux âmes se réuniront pour ne jamais se séparer; elles se confondront en une seule, car elles étaient sœurs.

Si j'en étais sûre, je te dirais de te tuer pour venir me joindre.

Mais non; pense à mes dernières volontés.

Adieu, Stephen! adieu! le dernier battement de mon cœur va être pour toi, ma dernière parole pour toi, ma dernière respiration pour toi; pour toi aussi ma dernière pensée; et si au ciel je puis veiller sur ton bonheur, tu seras heureux : mon âme viendra te voir et te donner des baisers la nuit.

LXIII.

Rapport de M. Christian Lahzenfels, docteur.

Le **** juin 18****,

Sur l'invitation de Pierre Ringer, jardinier, nous nous sommes transporté dans la maison appartenant autrefois à feu M. Müller;

Et y avons trouvé la dame Edward S***, née Müller, morte et pendue après la flèche de son lit. Après un examen rigoureux, nous n'hésitons pas à déclarer que cette mort est le résultat d'un suicide. Une lettre laissée sur une table, était adressée à M. Stephen, riche particulier, fort connu dans cette ville, ainsi que dans la ville de ✱✱✱.

Les parens, auxquels la lettre a été par nous remise, se sont chargés de la faire remettre à son adresse.

Avons en conséquence ordonné l'inhumation de la défunte.

En foi de quoi nous avons signé

Dr CHRISTIAN LAHZENFELS.

LXIVe

Un mois après l'inhumation de Magdeleine, Stephen reçut la seconde lettre qu'elle lui avait adressée ; car il n'avait cessé d'errer au hasard comme un insensé.

Alors il demanda un cheval et accourut à la ville. Pendant tout le trajet, il ne dit pas un seul mot ; seulement, de temps à autre, il serrait convulsivement les mains ; il regardait le ciel ; on voyait qu'il priait Dieu.

Quand il fut arrivé, il alla chez le jardinier ; le jardinier était vêtu de noir : Stephen pâlit et tomba assis sur une pierre.

« Oh monsieur Stephen ! dit le jardinier, pourquoi êtes-vous parti aussi brusquement ? vous l'auriez empêchée de se tuer : elle a dû bien souffrir, car elle était toute défigurée. La famille a fait un superbe enterrement. »

Stephen lui fit signe de le suivre, et se dirigea vers le cimetière ; des ouvriers étaient en train d'élever un tombeau de pierre sur la terre qui la couvrait : il se mit à deux genoux et baisa la terre, puis il s'éloigna.

LXV.

« O Magdeleine ! pardonne-moi.

« Pourquoi veux-tu que je vive ? Qu'y a-t-il pour moi dans la vie , maintenant ?

« Mais mon âme est avec toi ; elle ne pouvait se séparer de la tienne ; c'est mon corps seul que tu as laissé ici.

« Qu'ai-je fait !

« Je l'ai tuée ! j'ai tué mon bonheur et ma vie.

« Son regard si doux qui pénétrait le cœur,

il est mort : sa voix suave , elle est morte ;
son corps souple et gracieux , il est mort ;
ses beaux cheveux noirs , soyeux , ils sont
morts : tout est mort.

« Elle était si belle !

« Oh ! pourquoi n'ai-je pas, au lieu de cette
atroce vengeance, fait mon bonheur de son
bonheur ! veillé sur elle comme son ange
gardien. Pourquoi n'ai-je pas semé sa vie de
plaisirs ? Pourquoi ne l'ai-je pas entourée de
mon amour pour écarter d'elle le moindre
chagrin, la moindre peine ?

« J'aimais tant son sourire ; son sourire m'aurait payé de mes souffrances.

« J'aurais renoncé à la vie pour moi ; je n'aurais vécu que de la sienne ; je n'aurais été
heureux que de son bonheur ; je n'aurais
souffert que de ses souffrances.

« Oui, je me serais élevé au-dessus de l'humanité, et mon âme, divinité protectrice,
aurait plané sur elle.

« Mais elle est morte.

« Il faut accomplir ses dernières volontés ;
son fils sera mon fils.

« Et ce dernier baiser sur sa bouche morte.

. . . .

LXVI.

Le Cimetière.

L<small>E</small> temps est pesant et orageux.

Les nuages lourds passent sur la lune ; elle ne paraît que par intervalles.

Le cimetière est fermé d'un côté par un haut mur en demi-cercle, de l'autre par la rivière.

Alentour, les peupliers frissonnent sans qu'il fasse de vent, et le bruit de leur feuillage se mêle à celui de l'eau qui coule lentement.

Hormis l'eau et les feuilles, on n'entend aucun bruit.

Les peupliers, quand par momens le vent s'élève, se balancent, et ont l'air de fantômes noirs; les pierres des tombes sont cachées sous l'herbe : l'herbe épaisse s'élève jusqu'à la ceinture, excepté dans quelques sentiers étroits.

Un bruit se fait entendre, c'est un bruissement de l'eau; il approche, et aborde sur la rive un corps qui se dresse et marche dans l'herbe. La lune s'est un instant dégagée des nuages; il suit un sentier, et il cherche.

Il n'est vêtu que d'un pantalon de toile dont l'eau ruisselle, il porte une pioche sur son épaule.

Il cherche, et il s'arrête devant une tombe récente, car il n'y a pas d'herbe à l'entour, et la pierre qui doit la recouvrir est auprès non encore taillée.

Là il se met à genoux, et il prie.

Puis il prend la pioche et frappe : un coup sourd retentit; il s'arrête; ses cheveux sont hérissés, et ses yeux semblent sortir de sa tête : le son est mort; il frappe un second coup et se hâte d'enlever la terre.

Un coup a sonné plus creux ; la pioche lui échappe, et lui il tombe sur les genoux ; ce dernier coup a frappé sur la bière presque sur le corps. Quand le silence est revenu, il enlève la terre lentement et avec précaution, la bière est à découvert.

Avec la pioche il détache une planche, puis deux. Il voit une forme blanche ; le linceul déchiré trahit les contours du cadavre ; d'un mouvement convulsif il arrache le drap, qui cède et se déchire : le corps est nu.

Il ne peut respirer ; son cœur bat comme un marteau : un nuage épais cache la lune ; il attend.

Le corps est nu ; ce corps si beau, si souple, si gracieux, qu'une fois seulement il a tenu dans ses bras. Le nuage glisse lentement.

Cette bouche dont le sourire était si doux, dont les baisers crispaient le cœur ; ces yeux dont un regard avait plus de prix que l'empire du monde.

La lune va bientôt reparaître ; l'extrémité du nuage est bordée d'une frange d'argent.

Ce corps, il vient le prendre encore dans ses bras ; ces yeux, il vient les revoir encore ; cette bouche, il vient lui donner un dernier baiser, un baiser d'adieu et de pardon.

C'est la dernière volonté de la morte.

Il vient appliquer sa bouche sur la bouche de la morte, et lui donner un baiser qu'elle ne rendra pas, qu'elle ne sentira pas.

Le vent souffle légèrement, et fait trembler les feuilles et achève de chasser le nuage; la lune éclaire tout le cimetière d'une mystérieuse lueur; il se penche sur la tombe; mais il jette un cri et s'enfuit, car il a vu le corps.

Le corps, les chairs tombent en lambeaux, et des vers rongent ses yeux.

Il s'enfuit et court; mais dans la grande herbe, une tombe sous ses pieds le renverse; il se relève égaré, frénétique; il court.

Dans la grande herbe, encore une tombe sous ses pieds le renverse, il se relève écumant, les yeux hagards; sa tête est perdue, il voit toutes les tombes ouvertes et tous les morts, qui, la tête sortie du linceul, le regardent avec des yeux étincelans et le suivent du regard. Le murmure des feuilles lui semble des paroles mystérieuses que les morts s'adressent à voix basse; il est là immobile, roide et froid comme un cadavre lui-même.

Puis encore il retrouve de la force et s'enfuit ; à chaque instant il tombe et se relève ; enfin il est au bout. Malédiction ! c'est la muraille : il prend une autre direction ; encore la muraille. Insensé , il s'élance contre elle en bondissant comme un chat sauvage ; il veut la franchir ; il la frappe du front , et il roule par terre ensanglanté , et évanoui. Mais la terre est fraîche ; il reprend ses sens et regarde autour de lui ; ses idées reviennent ; un frisson de glace court de ses pieds à la racine de ses cheveux.

« N'importe, c'est la volonté de la morte ; elle aura mon baiser d'adieu et de pardon. »

Il brise un arbre, et armé d'un bâton, marche dans l'herbe pour retrouver la tombe.

La voilà, la lune l'éclaire.

Horrible !

Encore les chairs pendantes et les vers dans les cavités des yeux.

« Magdeleine, Magdeleine, est-ce donc toi ! »

Il s'agenouille et prie, et pleure.

Puis il s'incline et pose ses lèvres sur les lèvres du cadavre.

Haletant, il s'appuie contre un arbre, puis il prend la pioche ; mais il ne peut refermer la bière ni détacher ses yeux du corps.

« Adieu, adieu !... »

Et il recouvre la bière. Vingt fois il s'arrête ; il lui semble qu'il l'étouffe en mettant tant de terre sur elle.

Quand tout est fini, il dit encore « Adieu, Magdeleine, adieu ! » et il baise la terre qui la recouvre, et il gagne la rivière. Il se retourne encore, mais la terre est cachée, on ne voit plus la tombe.

« Adieu !... »

Et il se jette dans l'eau noire, et le bruit de son corps dans l'eau lui semble un ricanement des morts qui le voient partir ; il nage avec force et arrive sur l'autre bord.

LXVII.

Un an après.

LXVII.

Un an après.

« Il y a un an que Magdeleine est morte;

« Et je sens encore sur mes lèvres l'impression du baiser que j'ai donné à son cadavre.

« Hier, c'était son jour de naissance; je suis allé prier sur sa tombe avec son enfant.

« Cet enfant, le fils d'Edward, je ne croyais pas que je pourrais l'aimer : il me rappelle d'horribles souffrances, mais il lui ressemble tant à elle! et il m'aime, il m'appelle son père!

« Nous avons cueilli des fleurs sur la tombe de Magdeleine; car je l'ai parée de chèvre-feuille, d'aubépine et de wergiss-mein-nicht.

« Ces fleurs, toute la nuit je les ai couvertes de baisers et j'ai respiré leur parfum.

« Quand je songe qu'elles tirent leurs brillantes couleurs de son corps pourri!

« Mais cette odeur, il me semble que c'est sa belle âme qui passe à travers la tige du chèvrefeuille, s'exhale et monte au ciel en parfum.

« Quelle vie a été la mienne!

« J'habite la petite maison que j'avais autrefois arrangée pour y passer mes jours avec elle : je cherche à m'entourer d'illusions. Le petit Edward appelle la chambre bleue la *chambre de maman.* J'ai acheté tout ce qui avait été à son usage pour le mettre dedans. On ne l'ouvre jamais. Les fleurs de M. Müller sont bien soignées; le petit banc et le berceau au-dessus pour Magdeleine et pour moi, je ne

laisse personne s'y asseoir : sa place est respectée.

« Jamais il n'entre ici de femme, pas même
la femme de Fritz. Ils sont bien bons pour
moi; ils supportent ma mélancolie, et quand
j'ai quelques instans de plaisir courts et fugi-
tifs, c'est au milieu d'eux.

« J'ai bien soin du petit Edward ; hier, il m'a
demandé pourquoi on laissait ce grillage autour de la pièce d'eau.

« C'est, lui ai-je dit, ta mère qui l'a fait placer
là pour que tu ne tombes pas dans l'eau.

« Ce souvenir a rappelé toute mon histoire,
et un moment il m'a semblé revoir Magdeleine jeune fille, sous l'allée des tilleuls.

« A tel point que je suis monté à cheval pour
revoir la maison de M. Müller; mais j'ai ressenti là une impression pénible : tout est
changé et détruit: J'ai parlé au nouveau propriétaire; on a apporté ici tout ce qui du jardin existe encore.

« Quand je regarde autour de moi, je trouve
ma vie déplorable, moi qui avais rêvé de réunir près de moi mon frère et ma femme, Eugène et Magdeleine. Ils sont morts tous les
deux; ils m'ont abandonné dans la vie comme

II.   21

dans une immense solitude, et c'est moi qui suis cause de leur mort à tous deux.

« Je sens une volupté amère à saisir tout ce qui ravive mes souvenirs.

« Mais probablement je ne souffrirai pas bien long-temps; ma vie est brûlée par la douleur; tout jeune que je suis, mes cheveux blanchissent, et mes yeux s'éteignent. J'ai assuré au petit Edward toute ma fortune après ma mort, et j'ai payé les dettes de son père.

« La nuit souvent je me réveille, et je pense à Magdeleine; s'il pleut, je sors, car je songe qu'elle a froid sous la terre, et je veux avoir froid aussi;

« Ou je pense que son âme plane au-dessus de nous, qu'elle n'a pu s'éloigner de son fils et de moi; et quand dans l'obscurité j'entends un léger bruissement, je suis persuadé que c'est elle qui vient silencieuse entr'ouvrir les rideaux du lit du petit Edward, pour le bénir pendant son sommeil, et peut-être me bénit-elle aussi, car j'ai exécuté ses dernières volontés, et je l'ai bien aimée; toute ma vie a été à elle;

« Et j'espère qu'au jour où moi aussi je

mourrai, elle viendra chercher mon âme pour
la conduire là où est la sienne, et où je retrou-
verai aussi mon frère : tous trois, nous nous
sommes trop aimés pour ne pas être réunis au
sein de Dieu. »

TABLE DES MATIÈRES

DU TOME SECOND.

———

FIN DE LA TABLE.

DE L'IMPRIMERIE DE CRAPELET,
rue de Vaugirard, n° 9.

www.ingramcontent.com/pod-product-compliance
Lightning Source LLC
Chambersburg PA
CBHW050158030726
47505CB00005B/1419